Gröls Verlage

„BÜCHER SIND WIE FALLSCHIRME. SIE NÜTZEN UNS NICHTS, WENN WIR SIE NICHT ÖFFNEN."

Gröls Verlag

Redaktionelle Hinweise und Impressum

Das vorliegende Werk wurde zugunsten der Authentizität sehr zurückhaltend bearbeitet. So wurden etwa ursprüngliche Rechtschreibfehler *nicht* systematisch behoben, denn kleine Unvollkommenheiten machen das Buch – wie im Übrigen den Menschen – erst authentisch. Mitunter wurden jedoch zum Beispiel Absätze behutsam neu getrennt, um den Lesefluss zu erleichtern.

Um die Texte zu rekonstruieren, werden antiquarische Bücher von Lesegeräten gescannt und dann durch eine Software lesbar gemacht. Der so entstandene Text wird von Menschen gegengelesen und korrigiert – hierbei treten auch Fehler auf. Wenn Sie ebenfalls antiquarische Texte einreichen möchten, finden Sie weitere Informationen auf www.groels.de

Viel Freude bei der Lektüre wünscht Ihnen das Team des Gröls-Verlags.

Adressen

Verleger: Sophia Gröls, Im Borngrund 26, 61440 Oberursel

Externer Dienstleister für Distribution & Herstellung: BoD, In de Tarpen 42, 22848 Norderstedt

Unsere „Edition | Werke der Weltliteratur“ hat den Anspruch, eine der größten und vollständigsten Sammlungen klassischer Literatur in deutscher Sprache zu sein. Nach und nach versammeln wir hier nicht nur die „üblichen Verdächtigen“ von Goethe bis Schiller, sondern auch Kleinode der vergangenen Jahrhunderte, die – zu Unrecht – drohen, in Vergessenheit zu geraten. Wir kultivieren und kuratieren damit einen der wertvollsten Bereiche der abendländischen Kultur. Kleine Auswahl:

Francis Bacon • Neues Organon • **Balzac** • Glanz und Elend der Kurtisanen • **Joachim H. Campe** • Robinson der Jüngere • **Dante Alighieri** • Die Göttliche Komödie • **Daniel Defoe** • Robinson Crusoe • **Charles Dickens** • Oliver Twist • **Denis Diderot** • Jacques der Fatalist • **Fjodor Dostojewski** • Schuld und Sühne • **Arthur Conan Doyle** • Der Hund von Baskerville • **Marie von Ebner-Eschenbach** • Das Gemeindekind • **Elisabeth von Österreich** • Das Poetische Tagebuch • **Friedrich Engels** • Die Lage der arbeitenden Klasse • **Ludwig Feuerbach** • Das Wesen des Christentums • **Johann G. Fichte** • Reden an die deutsche Nation • **Fitzgerald** • Zärtlich ist die Nacht • **Flaubert** • Madame Bovary • **Gorch Fock** • Seefahrt ist not! • **Theodor Fontane** • Effi Briest • **Robert Musil** • Über die Dummheit • **Edgar Wallace** • Der Frosch mit der Maske • **Jakob Wassermann** • Der Fall Maurizius • **Oscar Wilde** • Das Bildnis des Dorian Grey • **Émile Zola** • Germinal • **Stefan Zweig** • Schachnovelle • **Hugo von Hofmannsthal** • Der Tor und der Tod • **Anton Tschechow** • Ein Heiratsantrag • **Arthur Schnitzler** • Reigen • **Friedrich Schiller** • Kabale und Liebe • **Nicolo Machiavelli** • Der Fürst • **Gotthold E. Lessing** • Nathan der Weise • **Augustinus** • Die Bekenntnisse des heiligen Augustinus • **Marcus Aurelius** • Selbstbetrachtungen • **Charles Baudelaire** • Die Blumen des Bösen • **Harriett Stowe** • Onkel Toms Hütte • **Walter Benjamin** • Deutsche Menschen • **Hugo Bettauer** • Die Stadt ohne Juden • **Lewis Caroll** • *und viele mehr….*

Magda Trott

Puckis Familienglück

Eine Erzählung für junge Mädchen

Inhalt

Mutter und Kind

Hedwig Gregor lag an der Erde und schaute belustigt ihrem Söhnchen zu, das auf allen vieren auf dem Spielteppich herumkroch. Jedesmal, wenn das Kind eines der aufgenähten Tiere erreichte, brach es in lautes Freudengeschrei aus, tappte mit der Hand darauf und drehte den Kopf nach der Mutter um.

„Ja, ja, Karlchen, ein Wauwau!"

„Wau, wau", wiederholte der fünfzehn Monate alte Knabe. Zärtlich glitt die kleine Hand über den Rücken des Tieres. Dann kroch Karlchen weiter. „Mama, Mama–."

„Ein Affe, Karlchen, ein schöner, brauner Affe. – Sag' Affe!"

„Affe – Affe – Affe", rief der Knabe, dann wies er auf den rotwangigen Apfel, den der aufgenähte Affe in der Hand hielt.

„Ein Apfel, Karlchen!"

Der Kleine quälte sich einige Male mit dem Wort herum, bekam es aber nicht heraus. Jauchzend hob ihn Pucki auf und schwenkte ihren Einzigen durch die Luft. Pucki war der Neckname der jungen Mutter seit frühester Kindheit.

„Bist selber ein süßer Affe, unser Sonnenschein, unser Glück! – Hast du es gehört? – Du bist unser Glück, Karlchen!"

Der Junge griff lachend mit beiden Händen in das Blondhaar seiner jungen, schlanken Mutter, die sich willig von den Kinderhänden zausen ließ.

„Bist doch unser Glück, du süßer Bengel! Aber jetzt ist's mit dem Spielen aus."

Karlchen schien sich darum gar nicht zu kümmern, denn wieder zauste er Puckis Haar oder patschte ihr gar mit der kleinen Hand ins Gesicht. Dabei krähte er laut vor Vergnügen und rief abwechselnd:

„Wauwau! – Affe! –“

„Nun ist es genug, Karlchen!“ Puckis Ton wurde ein wenig strenger. „Du weißt, Doktor Claus Gregor und seine Frau Hedwig, geborene Sandler, aus dem Forsthaus Birkenhain wollen kein gewöhnliches Kindchen haben, sondern ein kluges Kind. Ganz Rahnsburg soll über dich staunen, mein Karlchen. – Hörst du? Du wirst ein kluges Kind. – Was wirst du?“

„Affe – –“

„Unsinn, Karlchen, du wirst ein kluges Kind! Oder gar ein Wunderkind!“ Pucki betonte jede Silbe mit großem Nachdruck. „Was wirst du, Karlchen?“

„Wauwau! – Affe! –“ krähte der Junge lustig.

Frau Doktor Gregor hielt ihr Kind glückselig im Arm und ging mit ihm tänzelnd durch das Zimmer. Dabei summte sie leise ein Lied vor sich hin. Dann begann sie zu erzählen, was sie bewegte, mehr für sich als zu dem Kind, das es ja doch noch nicht begreifen konnte: „Morgen ist ein Festtag, Karlchen. Was ist morgen? – Morgen ist der neunzehnte September. Es sind genau drei Jahre her, daß dein Vater deine Mama heiratete. Das verstehst du heute noch nicht, Karlchen, so viel kann dein kleines Gehirn noch nicht fassen. – Man soll Kinder auch nicht übermäßig anstrengen, aber man soll den Verstand wecken. – Steht auf Seite vierundvierzig meines Erziehungsbuches.“

Dann trat sie mit dem Knaben auf dem Arm an eines der Fenster. Mit ausgestrecktem Arm wies sie hinaus.

„Sieh mal da, Karlchen! Was ist denn da draußen, mein Liebling? Karlchen, was ist das?“

Das Knäblein hörte nicht auf die Frage, denn draußen auf der Straße gab es mancherlei zu sehen. Da kam gerade ein Wagen mit Kohlen gefahren.

„Aufpassen, Karlchen! Was ist das?“

„Wauwau!“ jauchzte der Knabe.

Pucki versetzte ihm einen leichten Schlag. „Nein – du kleines Schaf. Das ist ein Hottehü!“

„Mamma, Mamma – Hottehü!“

Pucki verließ das Fenster und ging mit ihrem Kind an die Tür, um nach dem Mädchen zu rufen, das in der Küche beschäftigt war.

Karlchen verzog den kleinen Mund; er hätte so gerne noch aus dem Fenster gesehen und dem Wagen mit dem Pferd nachgesehen.

Da bellte gerade in diesem Augenblick draußen ein Hund. Der Knabe wurde unruhig auf der Mutter Arm und rief lebhaft:

„Wauwau sehen – Wauwau –!“

Mit beiden Händchen fuhr Karlchen der Mutter in die Haare und zog daran. „Wauwau sehen –“

„Eigentlich bist du ein unartiger Junge! Es ist gut, daß dein Vater noch Sprechstunde hat. – Also schön, sehen wir uns den Wauwau an.“

Ein Hund, der das Pferd umsprang, nahm Karlchens ganze Aufmerksamkeit in Anspruch. Er klatschte in die Händchen, lachte laut auf und schenkte der Mutter wieder den zärtlichen Blick, der Pucki dem Kinde gegenüber alle Energie nahm. Wie oft versuchte sie sachlich und ruhig zu bleiben und ihr Kind so zu erziehen, wie sie es einst in ihrer Ausbildung als Kindergärtnerin gelernt hatte. Sie war ja eine prächtige Jugenderzieherin gewesen, und die Kinder liebten „Tante Pucki“ schwärmerisch, obwohl sie auch streng sein konnte. Wenn aber Karlchen seine Blauaugen ein wenig zusammenkniff, den Kopf schäkernd auf die Seite legte, den kleinen Mund spitz machte, dann waren bei der Mutter alle guten Vorsätze vergessen. Dann riß sie den Kleinen an sich und küßte ihn herzhaft ab. Claus tadelte oft, daß man ein Kind nicht von Jugend an verziehen solle. Ein Vater war eben anders als eine Mutter, dachte Pucki. Mit diesem Gedanken beschwichtigte sie die aufsteigenden Zweifel an der Richtigkeit ihrer Kindererziehung.

Schließlich setzte sie den Knaben wieder auf den Spielteppich. Auf die Arbeit, die sie sich damit gemacht hatte, war Pucki sehr stolz. Von jeher war sie eine gute Zeichnerin gewesen. So hatte sie selbst Tiere entworfen, die sie dann in Stoff ausschnitt und auf den Teppich nähte. Besonders reizend war ihr der Affe gelungen, der in der ausgestreckten Rechten einen rotwangigen Apfel hielt. Aber auch Hase und Hühner wirkten außerordentlich naturgetreu. Ein Jäger mit Flinte fehlte natürlich auch nicht, denn Pucki war ja eine Försterstochter. Die Mitte des Teppichs aber zierte ein Fuchs, der einer Gans nachstellte. Diesen Fuchs und die Gans hatte Pucki mit besonderer Liebe entworfen, denn es war doch beim Singen des Kinderliedes gewesen, daß sie Claus kennenlernte und sich später mit ihm verlobte:

„Liebe Pucki, laß dir raten,
kleiner Herzensdieb,
nimm, du brauchst nicht Hans Rogaten,
mit dem Claus vorlieb."

So summte sie auch jetzt leise vor sich hin.

Der gute Hans Rogaten! Er war jetzt Apotheker in Leipzig. Sie schrieb oftmals an ihn, denn er war ihr bester und treuester Freund geblieben.

Wie doch die Zeit eilte! Drei Jahre war es her, daß sie in diesem Hause als Frau des Arztes Claus Gregor wohnte. Mit ihren dreiundzwanzig Jahren kam sich Pucki schon sehr würdig vor. Claus fand freilich häufig etwas an ihr zu tadeln, und doch liebte er ihren Übermut, der mitunter allerdings recht heftig durchbrach.

„Ich bin eben ein Puck und werde es bis an mein Lebensende bleiben! Ich glaube, ich mache noch mit neunzig Jahren Dummheiten. Unser Karlemann soll anders werden! – Junge, du wirst ein furchtbar gelehrter Mann, darum müssen wir zeitig anfangen, dich klug zu machen. Nicht wahr, du wirst ein kluges Kind?"

Karlchen war wieder eifrig damit beschäftigt, dem Hahn auf dem Teppich den Kamm abzureißen, denn ein Stückchen Stoff hatte sich von der Friesunterlage gelöst. Nun arbeitete er nach Kräften daran, den ganzen Gockel in seinen Besitz zu bekommen. Lachend kniete Pucki neben ihm nieder.

„Donnerschock, hast du Kräfte!" lobte sie.

In diesem Augenblick brachte Emilie, das im Doktorhause angestellte Mädchen, einen Brief.

„Von Carmen!“ rief Pucki erfreut. Carmen war ihre liebste Freundin, die seit drei Jahren verheiratet war. Leider wohnte sie weit entfernt. Sie war monatelang nicht zu erreichen, da sie ihren Gatten, den Offizier der Handelsmarine Stieger, oft auf seinen weiten Reisen nach fernen Erdteilen begleitete. Carmen wußte so schöne Dinge zu erzählen; so freute sich Pucki auch heute wieder auf die Nachrichten, die ihr Carmen berichten würde.

Karlchen arbeitete noch immer an dem Hahn. So setzte sich Pucki ans Fenster und begann den Brief zu lesen. Carmen berichtete von der Villa, die sie gekauft hätten. Ihre beiden Kinder waren während ihrer Abwesenheit bei den Schwiegereltern gewesen. Nun würde sie wieder für mehrere Monate daheim bleiben, um ihr Mutterglück genießen zu können. Carmen bat Pucki herzlich, sie möge es einrichten, daß sie für wenige Tage nach Blankenese kommen könne. Sie wollte sie im Auto von Hamburg abholen. Sie berichtete weiter, wie gut es ihr ginge und daß sie jetzt besondere Freude daran hätte, das neue Heim noch schöner auszugestalten als die erste Wohnung.

„Ach, Karlemann, deine Tante Carmen hat furchtbar viel Geld! Sie kann alles haben, was sie sich wünscht. Dein Vater verdient ja auch gut, aber lange nicht so viel, daß wir uns eine Villa kaufen und neu einrichten können. – Ach, ich möchte auch viel Geld haben! – Karlchen, wie machen wir das?“

Es war gewiß kein Neid, der Pucki beim Lesen des Briefes erfüllte. Sie gönnte der Freundin von Herzen das Schönste und Beste, denn Carmen war in ihrer Jugend nicht so glücklich gewesen wie Pucki. Ohne Mutter war sie aufgewachsen und zeitig in eine Pension gekommen, weil ihr Vater nur selten zu Hause weilte, da ihn sein Beruf als Schiffsarzt durch die ganze Welt führte.

Als Pucki den Brief zum zweiten Male gelesen hatte, öffnete sich die Zimmertür. Claus Gregor, der Rahnsburger Arzt und Puckis Gatte, trat über die Schwelle.

„Papa – Papa!“ jubelte der Knabe, dem es noch immer nicht gelungen war, den Hahn von dem Teppich abzureißen.

Das ernste Gesicht des jungen Vaters strahlte. Er schwenkte seinen Knaben hoch durch die Luft und küßte ihn. Dann wandte er sich an seine junge Frau:

„Ich muß sogleich einen Krankenbesuch machen und werde nicht pünktlich zum Essen zurück sein.“

„Weiß schon, Claus, es ist immer dasselbe.“

„Aber Pucki, sei doch zufrieden, daß ich so viel zu tun habe. Du bist doch selbst immer in Sorge, daß wir verhungern müssen, seitdem sich in Rahnsburg noch Doktor Ucker niedergelassen hat.“

Claus lachte belustigt auf und strich seiner Gattin zärtlich über den welligen Scheitel.

„Ach ja“, seufzte Pucki, „andere Leute kaufen sich eine Villa und können sich nach dreijähriger Ehe schon wieder anders einrichten, und wir müssen jeden Pfennig behutsam umdrehen, ehe wir ihn ausgeben.“

„Pucki, übertreibe nicht! – Ich glaube, dein Mann hat eine gute Praxis, und gehungert hast du noch nie!“

„Gewiß nicht, Claus! – Carmen richtet sich aber völlig neu ein. – Lies mal ihren Brief."

„Später, Pucki, jetzt muß ich fort."

„Mit dem Auto?"

Karlchen hatte kaum das Wort Auto gehört, als er laut losbrüllte: „Auto – – Papa – Auto!"

„Nein, mein Junge, ich kann dich nicht mitnehmen."

„Auto!" wiederholte der Kleine unwillig.

„Karlchen, artig sein!" Doktor Gregor hob warnend den Finger. Der Junge aber rief immer wieder: „Auto! – Auto!"

Pucki lachte belustigt dazu. „Na, hat er Energie oder hat er keine?"

„Ich weiß nicht, kleine Frau, ob ich das Energie nennen kann. Du warst doch eine tüchtige Kindergärtnerin. Vergiß nicht, daß die Erziehung des Kindes frühzeitig beginnen muß!"

Karlchen war hurtig auf allen vieren zur Tür gerutscht. Dort saß er abwartend und murmelte immer wieder vor sich hin: „Auto!"

Claus ging ihm nach, trug ihn zurück auf den Spielteppich und sagte mit Nachdruck: „Hier bleibst du sitzen und bist artig! Der Papa fährt mit dem Auto fort."

Pucki bemerkte, wie sich das Gesicht des Jungen zum Weinen verzog. Rasch nahm sie den Knaben auf den Arm. Aber Karlchen war unwillig.

„Also auf Wiedersehen, Pucki. – Auf Wiedersehen, Karlchen!"

Die junge Mutter trat mit dem Kinde ans Fenster. „Paß auf, mein Liebling, wir schauen dem Vater nach und machen Winke-winke!“

Aber Karlchen begann laut zu schreien, als er draußen vor der Tür das Auto stehen sah, in das der Vater einstieg und davonfuhr. Alle Beschwichtigungsversuche der Mutter fruchteten nichts.

„Auto – Auto!“ schrie der kleine Mann immer energischer. Sein Gesicht färbte sich dunkelrot vor Zorn.

„Schau den Wauwau an!“ Pucki holte den weißen Stoffhund herbei und reichte ihn dem Knaben. Aber Karlchen warf den Hund zu Boden.

„Komm, ich setze dich in den Sportwagen, dann fahren wir durch den Vorgarten.“ Als Karlchen in dem Sportwagen saß, schrie er um so lauter. Da kehrte Pucki, die nicht wollte, daß die Vorübergehenden sein Geschrei hören sollten, rasch mit dem Knaben ins Haus zurück.

„Sei doch endlich ruhig, Karlchen! Ich habe allen Menschen, die ich kenne, erzählt, daß du das artigste Kind auf der Welt bist! Karlchen – Karlemännchen – Mäuschen, sei doch endlich still!“

Mit dem Kinde auf dem Arm eilte Pucki durch das Wohnzimmer, durch das Eßzimmer. Wenn sie etwas wüßte, um den Knaben abzulenken!

Sie tänzelte hin und her und sang mit ihrer tiefen, unmelodischen Stimme ein Kinderlied. Dabei stieß sie aus Versehen an den Teewagen, der an der einen Wand stand. Der Wagen setzte sich langsam in Bewegung. Da verstummte das Geschrei des Knaben. Verlangend hingen die Kinderaugen an dem kleinen Tischchen.

Der fahrbare Teetisch! Er war ein Geschenk des Herrn Wallner aus Eisenach, ein Geschenk des ekligen Großpapas, der Pucki das Leben in ihrer ersten Stellung so schwer gemacht hatte. Herr Wallner hatte immer wieder ihren Weg gekreuzt. Auf der Hochzeitsreise war sie ihm in Wiesbaden begegnet, dann war Herr Wallner, den Claus für einen Nervenkranken hielt, auf den Gedanken gekommen, auch nach Rahnsburg überzusiedeln, und hier hatte er sich schließlich mit der Schwester ihrer einstigen Lehrerin verheiratet. Pucki hatte ihn seit einem halben Jahr nicht mehr gesehen, denn Herr Wallner fand plötzlich Gefallen am Reisen. Sie lachte über den merkwürdigen alten Herrn, der sich, seit er sich als junger Ehegatte fühlte, auch äußerlich verändert hatte. Der graue Vollbart, der sein Gesicht umrahmte, war braun geworden, auf dem einst kahlen Kopf trug er eine leicht gewellte Perücke. Auch die Kleidung war gepflegt und ein wenig stutzerhaft. Jedesmal, wenn Pucki den Teetisch benutzte, gingen ihre Gedanken zu diesem seltsamen Manne.

Das Geschrei Karlchens weckte sie aus ihren Gedanken. „Auto – Auto!"

„Freilich, mein süßer Junge, jetzt fährst du Auto! Einsteigen – tu – tu – –". Dann setzte sie Karlchen auf die untere Platte des Tisches. „Halte dich fest, Junge, das Auto fährt los! – Tu – tu –"

Karlchen war begeistert. Er hielt sich brav fest, und Pucki stieß unter ständigem Tu-tu den Teewagen durch die Zimmer. Sie überhörte es, daß draußen im Hausflur jemand mit Emilie sprach.

„Tu – tu – –"

Da öffnete sich die Tür zum Wohnzimmer. Pucki wäre fast mit dem Teewagen gegen den eintretenden Herrn gestoßen, der erstaunt auf Mutter und Kind blickte.

„Herr Wallner – – Sie? – Ach, an Sie habe ich gerade eben zufällig denken müssen."

„Mein Teewagen – –"

Pucki wurde rot. Es war ihr peinlich, daß Herr Wallner sah, zu welchem Zweck sein Geschenk Verwendung fand. „Ich dachte – Sie wären noch verreist", stotterte sie verlegen.

„Auto – tu – tu –" rief Karlchen. „Mama – tu – tu!"

Pucki hob verlegen das Kind vom Teewagen. „Ich freue mich, Herr Wallner, Sie wiederzusehen. Bitte, wollen Sie Platz nehmen. Seit dem Frühling habe ich Sie nicht mehr gesehen."

„Das ist Ihr Junge? Ein strammer Bengel, tüchtig gewachsen. – Sieht klug aus."

„Er ist über alle Maßen klug. Unser ganzes Glück. Er kann schon recht nett sprechen, hat wirklich seltene Gaben."

„Na, komm mal her, mein Junge. – Ich habe dir etwas mitgebracht."

Erst jetzt sah Pucki, daß Herr Wallner eine große Tasche trug. Aus dieser Tasche nahm er einen rotwangigen Apfel.

„Äpfel aus unserem Garten, Frau Pucki. Ich habe sie Ihnen mitgebracht. Der schönste, mein Junge, ist für dich. – Hier, nimm ihn!"

Karlchen hatte sich aufgerichtet. Er hielt sich mit einer Hand am Stuhl fest und betrachtete eine Weile forschend den fremden

Mann. Herr Wallner stand noch immer da und hielt in der ausgestreckten Hand den Apfel.

„Nimm ihn, Karlchen“, sagte Pucki, „der Onkel ist ein lieber Onkel.“

Das Kinderköpfchen wandte sich um, die Blauaugen suchten den Teppich. Sie blieben auf dem Affenbild haften, und plötzlich jauchzte der Knabe laut: „Affe – Affe – Affe!“

Pucki fuhr zusammen, als hätte sie ein Schlag getroffen. Sie begriff sofort, was ihr Kind meinte. Karlchen hatte gar nicht so unrecht, das bartumrandete Gesicht Wallners hatte wirklich eine flüchtige Ähnlichkeit mit dem Affen, der ebenfalls einen Apfel in der Hand hielt.

„Affe – Affe – Affe“, schrie Karlchen immer wieder, trippelte zum Teppich hin, patschte mit der kleinen Hand auf das Tier, lächelte dann süß Herrn Wallner an und sagte zärtlich: „Affe – Affe!“

Der alte Herr machte ein süß-saures Gesicht.

„Das also ist das kluge Kind!“ Seine Stimme klang ein wenig gereizt.

„Er ist – er hat – er bedankt sich für den Apfel. – Ach, Herr Wallner, ich freue mich sehr.– Emilie wird das Kind sogleich fortholen.“

„Lassen Sie den Jungen ruhig hier.“ Herr Wallner warf den Apfel in die Tasche zurück.

„Affe – Affe – Affe“, schrie Karlchen immer wieder. Am liebsten hätte Pucki gelacht. Trotzdem ärgerte sie sich über sich, daß sie die Lage so wenig beherrschte.

„Wird das Kind alltäglich in meinem Teewagen spazierengefahren?“

„O nein, ich wollte ihm heute eine besondere Freude bereiten. Karlchen ist sonst ein sehr artiges Kind. Er schreit sonst nie.“

Pucki hatte nach dem Hausmädchen geklingelt. Als Emilie kam, gab sie ihr ein Zeichen, den Knaben hinauszunehmen. Da fing Karlchen an, entsetzlich zu schreien.

„Das artige Kind ist heute ungnädig“, sagte Herr Wallner spitz.

In Pucki stieg der Ärger hoch. Sie fand, daß Herr Wallner in letzter Zeit viel netter gewesen war als heute. Das war wieder derselbe höhnische Klang in seiner Stimme, den sie von früher her kannte.

„Sie wollten wohl zu meinem Manne“, sagte sie ebenfalls gereizt. „Beabsichtigen Sie, wieder eine Kur zu machen? Sind die Nerven ein wenig mitgenommen, oder ist Ihnen die letzte Reise schlecht bekommen?“

„Es scheint mir fast“, gab er unfreundlich zurück, „als wären Sie in Ihrer Ehe noch kratzbürstiger geworden.“

Pucki setzte sich im Sessel zurecht. „O nein“, sagte sie würdevoll, „ich glaube, es gibt auf der ganzen Erde kein größeres Familienglück als das meine. Ich habe einen prachtvollen Mann, der ein äußerst beliebter und gesuchter Arzt ist. Unsere Verhältnisse sind die denkbar besten. Wir fühlen uns in Rahnsburg sehr wohl.“

Nach dieser Äußerung wurde die Unterhaltung wieder friedlicher. Eine halbe Stunde lang sprachen die beiden von Herrn

Wallners Reise, bis plötzlich lautes Schreien aus der Küche herüberklang.

„Das Kind“, sagte Herr Wallner ein wenig spitz.

„Bitte, entschuldigen Sie mich einen Augenblick.“

„Ich gehe schon, Frau Pucki.“ Mit diesen Worten erhob sich Herr Wallner. Da wurde die Zimmertür aufgerissen; Emilie stand draußen. „Kommen Sie schnell, Frau Gregor, Karlchen hat sich eine Gabel in die Hand gestoßen!“

„Wie können Sie dem Kind auch eine Gabel zum Spielen geben“, schalt Frau Gregor.

Da empfahl sich Herr Wallner rasch.

Im Sprechzimmer verband Pucki kunstgerecht ihrem Jungen die Hand. Als Karlchen dabei kläglich weinte, erhielt er von der besorgten Mutter einen zärtlichen Kuß. „Es ist ja gar nicht schlimm, mein Liebling! Du mußt nicht weinen!“

Dann lachte sie fröhlich, bis Karlchen in ihr Gelächter mit einstimmte.

Habe Vertrauen!

Pucki war ein wenig enttäuscht. Sie hatte zuversichtlich gehofft, daß der heutige Tag ganz besonders verlaufen würde, aber alles war wie immer. Wohl hatte ihr Claus am frühen Morgen einen wundervollen Strauß roter Rosen auf den Frühstückstisch gestellt, sie dann zärtlich in die Arme genommen und liebe Worte gesprochen. Aber das tat er oft, das war nichts Besonderes! Zum Mittagessen kochte sie sein Leibgericht, denn der dritte Hochzeitstag mußte unter allen Umständen festlich begangen werden. Karlchen war mit einer Zigarre angekommen, an die ein Blümchen gebunden war. Aber ehe er dem Vater das Geschenk überreichte, untersuchte er genau das merkwürdig braune Ding und zerbrach die echte Havanna. Auch die Worte, die er dem Vater sagen sollte, waren vergessen, oder Karlchen schien nicht geneigt, das sorgsam Einstudierte zum besten zu geben.

„Was sollst du sagen?"

Karlchen schwieg.

Pucki seufzte. „Tagelang habe ich mich mit ihm herumgequält. Einmal hat er es gekonnt. – Nun mal los, Karlchen!"

„Pucki, laß endlich diesen törichten Unsinn!"

„Was sollst du sagen, Karlchen?"

Aber der Junge schwieg beharrlich. Es war für ihn viel unterhaltender, die braunen Abfälle der Zigarre, die auf dem Teppich lagen, zu betrachten.

Da wurde Pucki ärgerlich und wollte dem Knaben einen leichten Schlag versetzen. Aber Claus trat dazwischen.

„Pucki, ich möchte dich ernstlich bitten, dem Kinde keine Worte einzulernen, die es noch nicht nachsprechen kann. Unser Kind braucht kein Wunderkind zu werden. Du sollst ihn deinen Gästen nicht vorführen; das ist nicht gut und nicht ratsam."

„Ich mache eben alles falsch!"

„Nicht doch, Pucki, ich bin mit meiner kleinen lieben Frau sehr zufrieden. Wie hübsch hast du den Frühstückstisch hergerichtet, wie liebevoll sorgst du für Mann und Kind – –"

„Und doch findest du immer wieder etwas zu tadeln."

„Darf ich das nicht, Pucki? Darf ich einer kleinen unerfahrenen Frau als ihr guter Kamerad nicht sagen, was verkehrt ist? Komm, Pucki, am dritten Hochzeitstage wollen wir uns in die Arme nehmen und mit herzlichem Kuß an die schöne, verflossene Zeit denken.“ –

Am Nachmittag mußte Doktor Gregor wieder über Land fahren. Pucki schmollte. „So ein Hochzeitstag! – Ich hatte es mir herrlich gedacht, ein bißchen mit dir zu plaudern.“

„Heute abend, Pucki.“

„Das kannst du im voraus nicht sagen. Kaum sitzen wir beisammen, da ertönt die Klingel, und einer holt dich weg.“

Der Arzt lachte. „Hast du nicht schon in der Brautzeit betont, daß eine Arztfrau auf Überraschungen gefaßt sein muß? – Nun, ich kann ja die Patienten zu Doktor Ucker schicken.“

„Claus – wo denkst du hin!“ rief Pucki entsetzt. „Er nimmt uns schon genug Patienten fort! – Wenn er nicht in Rahnsburg wäre, dann kämen alle Kranken zu uns!“

„Und dein armer Mann müßte auch noch den Schlaf opfern und in der Nacht arbeiten, weil der Tag nicht ausreicht. Ich bin recht zufrieden, daß sich der Kollege hier niedergelassen hat, nachdem er mich während meiner Reise in so liebenswürdiger Weise vertrat.“

„Wenn er nicht hier wäre, verdienten wir mehr – –“

„Kleine geldgierige Pucki! Erst bist du ärgerlich, daß man deinen Mann beständig fortholt – und dann soll der zweite Rahnsburger Arzt keinen Patienten haben. Alle sollen zu Doktor Gregor kommen. – Pucki, wo bleibt da die Logik?“

„Na ja“, sagte sie seufzend, „es ist eben merkwürdig auf der Erde eingerichtet. Ich finde, andere Berufe haben es besser!“

„Kleine liebe Frau, ein jeder Stand hat seinen Frieden, ein jeder Stand hat seine Last. Ziehe also keinen schiefen Mund und erwarte heute nach der Sprechstunde deinen Claus zu einem gemütlichen Plauderstündchen.“

Da es ein wunderschöner Septembertag war, hielt Pucki es für ratsam, den frühen Nachmittag zu einer Ausfahrt mit Karlchen zu benutzen. Seit vierzehn Tagen war sie nicht mehr bei Rose Teck gewesen, bei der fleißigen Rose, die den Bauer von der Schmanz geheiratet hatte und trotz ihrer drei Kinder in Wirtschaft, Garten und auf der Wiese emsig tätig war. Das frühere blasse Stadtkind, das als zwölfjähriges Mädchen die Sommerferien im Forsthaus Birkenhain verlebt hatte, war zur tüchtigen Bäuerin geworden und lebte außerordentlich glücklich.

Pucki setzte Karlchen in den Sportwagen und machte sich auf den Weg zur Schmanz. Sie wollte für wenige Augenblicke am Forsthause haltmachen, um die Eltern und Agnes, die jüngste Schwester, zu begrüßen. Waltraut, die zweite, war nicht daheim; sie lernte im Kreiskrankenhaus die Krankenpflege. Der Vater versah noch immer den Dienst in dem Forst.

Im Forsthaus war niemand anzutreffen außer der alten Stütze. Mutter und Schwester hatten einen Besuch gemacht, und der Vater weilte im Walde.

„Sie hätten an meinem dritten Hochzeitstage auch zu mir kommen können“, dachte Pucki unwillig, „es ist heute gar kein richtiger Hochzeitstag. Claus ist über Land, meine Angehörigen sind nicht da. – Eigentlich ist es schrecklich. So werde ich mit Rose eine Stunde verplaudern."

Aber auch Rose war nicht im Hause. Die alte Bäuerin empfing Frau Doktor Gregor mit herzlichen Worten und teilte ihr mit, daß Rose hinten im Obstgarten bei der Ernte wäre. Sie käme jedoch häufig ins Haus, um nach ihrem Jüngsten zu sehen.

„Drei Kinder! – Müssen die Arbeit machen!" sagte Pucki.

„Sie bringen auch viel Freude ins Leben", erwiderte die Bäuerin. „Rose schafft es schon; sie weiß sich ihre Zeit trefflich einzuteilen."

Nachdem Pucki eine Viertelstunde mit der alten Frau Teck verplaudert hatte, kam Rose. Sie war noch ein wenig draller geworden, sozusagen ein molliges Frauchen mit knallroten Wangen. Ihr offenes, ehrliches Gesicht strahlte vor Freude, als sie Pucki mit ihrem Knaben erblickte. Die Begrüßung war herzlich.

„Ich komme gerade heute zu dir, liebe Rose, weil ich heute drei Jahre verheiratet bin und Claus nicht daheim ist. Er muß immer zu seinen Kranken. Nun will ich mit dir einige Stunden plaudern. Karlchen kann mit deinem Ältesten spielen."

„Wie wäre es, Pucki, wenn du mit mir hinaus in den Garten kämst? Ich kann dann weiterarbeiten, und wir erzählen dabei."

„Wäre es nicht gemütlicher, wenn wir ins Zimmer gingen?"

„Draußen ist es heute so wunderschön. – Außerdem drängt die Arbeit."

„Du hast wohl sehr viel zu tun?"

„O ja, massenhaft! – Die Mutter ist alt und kann nicht mehr viel leisten. Sie kränkelt in letzter Zeit, da darf ich ihr nicht viel aufpacken. Sie muß sich schonen. Aber der Vater ist noch rüstig. Er ist auch im Garten. – Komm mit mir, Pucki, wir wollen gehen. Mutter paßt auf die Kinder auf."

Draußen begrüßte Pucki den alten Bauer Teck, der für Pucki schon immer herzliche Zuneigung empfunden hatte. Die Plauderstunde verlief jedoch nicht so, wie sie Pucki erhofft hatte. Rose eilte mit dem gepflückten Obst häufig zum Hause hin, und wenn auch zwischendurch lebhaft gesprochen wurde, so war alles nicht nach Puckis Sinn. Rose bemerkte das und stellte schließlich die Arbeit ein.

„So, Pucki, nun komm in die schöne Laube, dort können wir weiterreden. Du mußt doch unsere frischgepflückten Äpfel kosten."

Nun saßen die beiden Freundinnen beisammen, und Rose erzählte aus ihrem arbeitsreichen, aber schönen Leben. „Du bist heute gewiß ganz besonders glücklich, Pucki? Denke mal, wir hatten unseren dritten und vierten Hochzeitstag völlig vergessen. Erst am späten Abend erinnerten wir uns daran."

„Das hätte ich meinem Manne sehr übelgenommen, Rose."

Die junge Bäuerin lachte. „Darauf hätte Michael wenig Wert gelegt!"

„So seid ihr nicht glücklich?"

Ein sonniges Lächeln glitt über Roses Gesicht. „Sehr glücklich sind wir, liebe Pucki!"

„Wenn er den Hochzeitstag vergißt? – Hat er dir schon mal ein hartes Wort gesagt – einen Vorwurf gemacht?"

„Ach, sehr oft!"

„Und dann nennst du dich glücklich?“

„Du solltest einmal hören, wie er mit der Faust auf den Tisch schlagen kann. Mitunter schilt er mich so heftig aus, daß ich zusammenschrecke.“

„Was machst du dann?“

„Mitunter schelte ich ebenso laut wieder, manchmal, wenn er recht hat, sage ich nichts dazu. Wenn wir dann wieder irgendwo gemeinsam arbeiten oder bei unseren Kindern sind, ist alles vergessen. – Ach, Pucki, wir sind zwei sehr glückliche Eheleute!“

„Rose, das verstehe ich nicht. Wenn mich mein Claus so laut ausschelten würde – ich wüßte wirklich nicht, was ich täte.“

„Gar nichts würdest du tun, Pucki. Du würdest ihm nach einer Weile zärtlich die Hand reichen und einen Kuß geben.“

„Ein Mann darf seine Frau niemals anschreien. – Ein Mann hat seine Frau zu achten, er muß ihr mit Ehrfurcht und Achtung begegnen – –“

„Ach, das tut mein Michael auch, und dein Claus macht es genau so. – Pucki, wenn man einen Mann heiratet, ist man doch seine gute Kameradin, seine Arbeitsgefährtin, man will mit ihm Freude und Leid teilen. Ist es denn so schlimm, daß er seinen Ärger einmal aus dem Herzen schreit, wenn er böse ist? Ich bilde mir ein, daß es sogar gut ist, wenn er sich einmal Luft machen kann. – Nein, Pucki, ich finde es nicht schlimm, wenn er einmal explodiert. Hinterher ist alles wieder gut.“

Nachdenklich schaute Pucki zu Boden. Welch andere Auffassung hatte doch Rose als sie von der Ehe. Pucki hielt sich von jeher klüger als die Freundin – in diesem Augenblick aber schien es ihr, als wäre Roses Einsicht richtiger. Man brauchte nicht gleich gekränkt und beleidigt zu sein, wenn der Ehemann etwas sagte, was einem nicht gefiel. Pucki schnappte immer leicht ein. Erst heute früh hatte sie Claus den Tadel wegen der Erziehung des Kindes arg verdacht. Nein, sie wollte in Zukunft Roses Methode befolgen! Im übrigen war sie von Claus noch nie angeschrien worden, auch mit der Faust hatte er niemals auf den Tisch geschlagen. – Ach ja, ihr Claus war ein herzensguter Mann, der auf seine Frau Rücksicht nahm und ihr manches nachsah.

„Du bist glücklich in der Ehe, Rose – aber ich bin auch glücklich. Unser Glück kann nicht übertroffen werden. Karlchen ist ein prächtiger und kluger Junge, und Claus sagt mir überhaupt kein böses Wort. Wir leben wie die Turteltauben! Heute morgen habe ich von Claus einen Strauß prachtvoller Rosen bekommen. Du kannst dir keine Vorstellung machen, Rose, wie glücklich wir sind."

Rose griff nach Puckis Hand. „Ich freue mich, das zu hören, Pucki! Gerade dir wünsche ich das Allerbeste, denn ich weiß, was du für ein liebes Geschöpf bist! Dein Claus ist aber auch ein selten prächtiger Mensch."

So verging das Beisammensein rasch. Auf Rose wartete schon wieder neue Arbeit, doch sie verrichtete sie mit strahlenden Augen. – –

Nachdenklich schob Pucki den kleinen Sportwagen vor sich her. Sie nahm sich vor, öfter einmal Rose zu besuchen, denn von ihr konnte sie manches lernen.

Beim Überqueren des Rahnsburger Marktplatzes begegnete Pucki einer Bekannten, die auch einen Kinderwagen schob. In rosa Seide und Spitzen gebettet lag ein kleines Mädchen darin, das die junge Mutter der Frau Doktor Gregor mit Stolz zeigte. Pucki warf einen verstohlenen Blick auf ihren eigenen kleinen Sportwagen, der so gar nichts von Eleganz zeigte. Man hatte beim Kauf nur auf das Praktische gesehen. Ein leichtes Gefühl des Neides stieg in ihr auf; es verstärkte sich noch, als sie wenige Schritte weiter abermals eine Bekannte traf, die sehr elegant gekleidet war.

„Ich bin überzeugt", dachte Pucki im Weitergehen, „daß Claus erheblich mehr verdient als Frau Lohnerts Mann. Aber ich bin nicht so elegant angezogen. Unser Junge hat niemals in Seide und Spitzen gelegen. – Eigentlich gebe ich viel zu wenig auf äußere Aufmachung. Ich sollte das ändern."

Ja – wenn sie reich wäre, wenn daheim eine Geldkiste stände, in die sie nur zu greifen brauchte! – Oder wenn sie ein eigenes Bankkonto hätte wie Carmen! Wenn die etwas brauchte, holte sie den notwendigen Betrag von der Bank. Claus besaß wohl ein Konto, doch mahnte er beständig zur Sparsamkeit, so daß Pucki oftmals Wünsche unterdrückte, weil sie einsah, daß sie nicht tragbar waren.

„Ich finde, Claus gibt zuviel für Andere aus. – Seine Einnahmen sind zu klein, manchen Kranken behandelt er überhaupt umsonst. – Claus ist viel zu gut. Er ist kein tüchtiger Geschäftsmann. Auch das müßte geändert werden. Ich muß einmal mit ihm reden."

Wenn nur der heutige Abend nicht gestört wurde! Heute war ein Festtag, den wollten sie feiern. – Bei einem Glase Wein. Oder mit Sekt? – Da war Pucki auch schon in der Weinhandlung und erstand eine gute Flasche Schaumwein. Hinterher machte sie sich wieder Gewissensbisse: eine billigere Marke hätte auch genügt. Doch nein, heute war ein Festtag!

Für den heutigen Abend wollte sich Pucki besonders nett kleiden. Das blaue Kleid, das Claus so sehr liebte? Ach nein, sie trug es schon zwei Jahre. – Das Grüne? Das war aus einem billigen Stoff gefertigt. Wenn sie Carmen wäre, könnte sie sich jedes Jahr zwei oder drei neue Kleider kaufen. Unwillig schlug Pucki die Schranktür zu. „Ich habe eben nichts anzuziehen. Nun bleibe ich wie ich bin!"

Beim Abendessen erzählte sie von der Begegnung mit Frau Hase und Frau Lohnert. Auch auf Carmens Brief kam sie zu sprechen. Die neue Villa, die neuen Möbel! – Pucki redete sich immer mehr in Begeisterung hinein.

„Ach, Claus, wenn wir auch eine Villa hätten! Ich finde, unsere Wohnung wird reichlich eng."

„Noch ist genügend Platz vorhanden, Pucki."

„Ach, Claus, du bist mit allem zufrieden! Ich fände es viel netter, wenn du auch einmal hochfliegende Pläne hättest!"

„Wenn es dir Spaß macht, kleine Frau, können wir heute nach Herzenslust Luftschlösser bauen."

„Wenn es nur Luftschlösser sind, brauchen wir nicht erst davon zu reden."

Claus schaute seine Frau forschend an. Der Ausdruck ihres Gesichts gefiel ihm nicht. „Hat dich der elegante Kinderwagen oder die schön gekleidete Frau Lohnert verstimmt?"

„Unser Junge ist der Sohn eines allgemein beliebten und hochgeachteten Arztes und hat niemals in Seide und Spitzen gelegen", antwortete Pucki. „Ich bin eine junge Frau, für die es ein Ereignis ist, wenn sie zur Schneiderin geht. Ein Kostüm vom Schneider besitze ich überhaupt nicht. – Ach ja, wir sind arme Leute!"

„Nein, Pucki, das sind wir nicht, wir sind sogar sehr reich! Wir sind gesund, ich verdiene gut, wir haben unseren Prachtjungen, unsere Angehörigen sind auch gesund – –"

„– und haben nur ein ganz kleines Bankkonto."

Claus lachte belustigt. „Aha, da drückt der Schuh! – Die Villa der lieben Carmen sticht dir in die Augen. – Pucki, Geld macht nicht glücklich!"

„Und ohne Geld kann man nicht leben."

„Du sprichst ein großes Wort gelassen aus. Wir haben aber Geld, sonst könnte meine liebe kleine Frau bestimmt keine so teure Flasche Wein kaufen. Pucki, du bist eine kleine Verschwenderin!"

„Siehst du, Claus, da haben wir's! Kaum gönne ich mir ein kleines Vergnügen, da nennst du mich eine Verschwenderin! – Carmen trinkt gewiß jeden Tag teuren Wein."

Claus lenkte das Gespräch ab. Aber nach dem Abendessen, als er den Arm zärtlich um seine Frau legte, als beide in das kleine Zimmerchen gingen, in Puckis eigenstes Heim, das sie nach ihrem Geschmack gestaltet hatte, sagte er weich und zärtlich:

„Mag Carmen noch so reich sein, Pucki, so glücklich wie wir beide ist sie wohl kaum. Sie muß ihren Mann oft monatelang entbehren. Wenn sie sich aber entschließt, mit ihm eine der großen Seereisen zu machen, so ist sie gezwungen, sich von ihren Kindern zu trennen. Da hast du es besser."

Sie saßen beisammen auf dem kleinen Sofa. Pucki schmiegte sich zärtlich an die Schulter ihres Gatten: „Gewiß, Claus, aber man hat Wünsche – tausend Wünsche, die immer wieder kommen und einem keine Ruhe lassen."

„Was sind das für Wünsche, Pucki?"

„Ach, Claus, mitunter könnte ich mich schlagen!"

„Nein, mein Lieb, das dulde ich nicht."

„Du würdest es bestimmt dulden, wenn du wüßtest, wie es in mir aussieht."

„Dann beichte einmal. Ich glaube, heute ist der richtige Tag dafür. Drei Jahre sind wir verheiratet, und ich ahne nichts von den fürchterlichen Wünschen, die dich quälen", sagte er lachend.

„Nein – laß nur, es ist richtiger, wenn ich ewig davon schweige."

„Nicht so, kleine Frau! – Du brauchst mir ja nicht gleich alle Wünsche zu nennen, nur die größten."

„Nein, Claus, reden wir von anderem!"

Da nahm Claus ihren Blondkopf zwischen beide Hände und schaute ihr tief in die Augen. „Liebe und Vertrauen gehören zu einer guten Ehe, Pucki. Daß du mich liebst, weiß ich. Es ist mir jedoch neu, zu hören, daß du kein Vertrauen zu mir hast."

„Es sind nur dumme Wünsche, die niemals erfüllt werden können."

„Habe Vertrauen“, klang es ernst. „Das ist unbedingt nötig! Ich würde es geradezu als Gefahr ansehen, wenn du mir gegenüber nicht mehr offen sein wolltest.“

„Claus, meine Wünsche kann niemand erfüllen.“

„So wollen wir gemeinsam beraten, wie wir der Erfüllung näher kommen. Wir werden ja sehen.“

„Nein, du hast auch einen großen Wunsch, der dir nicht in Erfüllung geht. Ich weiß, du denkst oft daran, aber unterdrückst ihn immer wieder. Warum sollte ich etwas vor dir voraushaben?“

„Pucki, ich fühle mich auch hier in Rahnsburg zufrieden.“

„Nein, ich weiß es genau. Es wurde mir auch von deinem Vater und von deinem Bruder bestätigt. Alle wissen, daß es anfangs deine Absicht war, Chirurg zu werden. Du hattest dich speziell darauf eingestellt. Man lobte dein Können, deine sichere Hand. Nach Breslau wurdest du geholt, eben weil du ein fabelhafter Operateur warst. Du hast dich später entschlossen, die Praxis von Doktor Kolbe zu übernehmen, die dir hier in Rahnsburg angeboten wurde –“

„Ja, Pucki, da ich glaubte, daß es Hedwig Sandler in Rahnsburg im Doktorhause gut gefallen würde. Außerdem bedeutet es für jeden Arzt einen Glückszufall, wenn er gleich eine gute Praxis übernehmen kann. – Und dann, kleine Frau, du kennst meine Liebe für den Wald, für die hiesige Gegend. Es war wirklich kein Opfer, den Plan, Chirurg zu werden, aufzugeben.“

„Claus, du sagst das alles nur, um mich zu trösten. Ich weiß genau, daß es für dich Freudentage sind, wenn man dich nach Holzau ins Kreiskrankenhaus ruft, um dort an einer Operation teilzunehmen. Ich weiß auch, wie gerne du alljährlich den Chirurgenkongreß besuchst und daß dein Sehnen darauf hinausgeht, irgendwo an einer chirurgischen Klinik leitender Arzt zu werden. Das alles unterdrückst du meinetwegen, da du glaubst, ich könnte nur in Rahnsburg glücklich sein."

„Schau, schau, kleine Frau", versuchte er zu scherzen, „ich habe nicht gewußt, daß ich von dir so scharf beobachtet werde."

„Bewirb dich um einen Posten als Chirurg in irgendeiner Stadt, ich folge dir gern."

„Überlassen wir das der Zukunft, Pucki! Gewiß geht mein Wunsch und Streben dahin, im Leben voranzukommen. Wir brauchen nichts zu überstürzen. Sollte es mir einmal beschieden sein – –"

„So bemühe dich um eine Änderung unserer Lage. Wir ziehen von hier fort und lassen uns in einer großen Stadt nieder. Dort haben wir Theater, Konzerte und schöne Vorträge. Also, weg von hier!"

„Pucki, ist das dein Ernst? Fort aus dieser Gegend, in der du groß geworden bist?"

„Ach, Claus", erwiderte sie kleinlaut, „manchmal glaube ich zwar, ich müßte hierbleiben. Wenn ich den Wald nicht mehr in der Nähe hätte, wäre es schrecklich! Aber dann – zieht es mich wieder in die große Stadt. Claus, lieber Claus, mitunter weiß ich nicht, was ich will. Zwei Seelen wohnen, ach, in meiner Brust, heißt es im Faust. So ist es auch bei mir!"

„Ich glaubte, kleine, liebe Frau, du wärest mit deinem Los zufrieden."

„Das bin ich auch! – Aber mitunter sehne ich mich nach etwas – ich weiß selbst nicht wonach. Ich möchte – möchte –“

„Was möchtest du, Pucki?“

„Ach – nichts, Claus – es ist zu dumm.“

„Meine Pucki darf auch einmal etwas Dummes sagen. – Sprich, was möchtest du?“

„Nichts –!“

„Pucki, muß ich dich zum zweiten Male daran erinnern, daß du Vertrauen zu mir haben sollst? Vergiß es zu keiner Stunde, mein Kind, daß fehlendes Vertrauen schon in vielen Fällen den Anstoß zu einer unglücklichen Ehe gab. Eine unglückliche Ehe wollen wir doch nicht führen.“

Sie umarmte ihn stürmisch. „Nein, Claus, nie – nie! Wir werden bis an unser Lebensende immer glücklich zusammen leben. Kein Familienglück der ganzen Erde soll größer sein als das unsere.“

„Du liebes, überschwengliches Kind! Nun sage mir, was du willst.“

„Manchmal bist du recht streng zu mir, Claus, gerade so, als wärst du mein Lehrer. Sehr oft tadelst du mich, und ich will es doch immer gut und richtig machen. Auch heute früh hast du mit mir gescholten. Dabei glaubte ich, dir eine Freude zu machen, wenn Karlchen mehr weiß und mehr kann als andere Kinder seines Alters.“

„Die Leiterin eines Kindergartens in Leipzig sagte einmal, daß Fräulein Sandler geradezu fabelhaftes Erziehungstalent besäße. Ich möchte dieser Leiterin nicht ganz beistimmen, Pucki. In manchem bin ich mit dir nicht zufrieden. Ich fürchte, unserem

Jungen muß ich einmal den Eigensinn brechen, da seine Mutter zu nachsichtig ist."

„Claus, es ist furchtbar schwer, dem eigenen Kinde, noch dazu einem so süßen Kind wie unserm Karlchen, etwas zu verwehren. Bei fremden Kindern ist das ganz anders."

„Also, Pucki, du liebe, kleine Kindergärtnerin, dein Mann bittet dich dringend, unseren Karl als ein ganz gewöhnliches Kind heranwachsen zu lassen. Er braucht kein Wunderknabe zu werden, er soll sich zu einem braven Kerlchen entwickeln, das genügt! – Doch wir kommen immer wieder von deinen großen Wünschen ab."

Pucki holte tief Atem: „Carmen hat eine Laute. Carmen schrieb mir, daß sie oft Lieder zur Laute singt. Das macht ihr viel Freude."

Am liebsten hätte Claus laut gelacht, doch unterdrückte er diese Regung. Seine Pucki wollte Laute spielen lernen und dazu singen? Singen konnte sie überhaupt nicht. Das müßte furchtbar werden! Er schaute seine junge Frau schmunzelnd an.

„Also eine Laute willst du haben?"

„Nein! – Ich kann nicht singen, aber – Dora Niepel spielt sehr schön Klavier und hat ihre Freude daran, wenn sie am Klavier sitzt. Und Susi Straub, mit der ich in Leipzig im Seminar zusammen war, trainiert beständig. Sie will eine Kunstläuferin werden und –"

„Warum die vielen Umwege, Pucki? Willst du Schi laufen, radfahren? Oder gar Seiltänzerin werden? Ich bin auf alles gefaßt!"

Pucki legte beide Hände über die Augen. „Sieh mich nicht an, Claus, dann sage ich es dir."

„Gut, ich bin also auf alles gefaßt. Soll ich in die Zimmerecke gehen oder hinter den Vorhang treten?"

Sie blinzelte ihn schelmisch an. Mit hellem Entzücken betrachtete er sein junges Weib. Das war immer noch die übermütige Pucki Sandler, die so listig dreinschauen konnte, die gar lieb zu schmeicheln wußte, wenn sie etwas erreichen wollte. Am liebsten hätte er sie jetzt wieder fest in die Arme geschlossen und herzlich geküßt. Glücklich war er, grenzenlos glücklich, auch wenn Pucki mitunter Fehler beging, die er ihrer Jugend zugute halten mußte. Er mußte immer rechtzeitig bremsen, damit seine wilde Pucki nicht in ihre Luftschlösser enteilte.

„Also nun los, Pucki! Ich stehe schon in der Zimmerecke, das Gesicht zur Wand gekehrt und erwarte das Furchtbare. Es muß etwas Schreckliches sein, was ich hören werde."

„Der Vater von Hans Rogaten ist der berühmte Kunstmaler Rogaten, das weißt du. In der Schule habe ich schon immer Zeichnungen gemacht, auch im Seminar. Neulich habe ich Karlchen gezeichnet und Hans das Bild geschickt. Sein Vater war gerade bei ihm, und der – der – hat gesagt –" Pucki kamen die Worte immer hastiger von den Lippen, ihre Stimme wurde immer lauter, und schließlich schrie sie dem in der Zimmerecke stehenden Gatten zu: „›Sie hat Talent! Die könnte im Malen etwas leisten‹, hat er gesagt. Und weil ich Talent habe, möchte ich Malerin werden – So, nun ist es heraus!"

Langsam kam Claus aus der Ecke geschritten und setzte sich schweigend neben seine Frau aufs Sofa. Pucki hatte noch immer die Hände vor den Augen. Jetzt blinzelte sie den Gatten von der Seite an.

„Talent hast du“, begann Claus, „auch ich habe viele deiner kleinen Zeichnungen gesehen und mich über deine Begabung gefreut. Du willst also Malerin werden? Ich dachte, du bist Hausfrau und Mutter?“

„Ich kann vielseitig sein, Claus! Ich möchte furchtbar gern Malunterricht nehmen. Ich habe gehört, daß in Holzau ein Kunstmaler wohnt. Waltraut arbeitet doch dort im Krankenhaus. Sie erzählte es neulich. Dieser Maler soll mich als Schülerin annehmen. Ich werde hoffentlich rasche Fortschritte machen, werde schöne Bilder malen und – die werde ich verkaufen. In Zukunft werde ich also auch Geld zur Wirtschaft zugeben können. Wir werden viel Geld verdienen können! – Ich richte mir dann ein Atelier ein. Vielleicht können wir in eine große Stadt ziehen, denn dort sind mehr Ausstellungsmöglichkeiten. Du könntest Chirurg werden und ich – werde eine bekannte Malerin.“

Lachend schaute ihr Claus ins Gesicht. „Das ist wieder ganz die kleine übermütige Pucki von einst, die große Pläne mit sich herumträgt. Aber nun einmal ernsthaft, Pucki: Wenn du Freude an Malstunden hättest, ließe es sich vielleicht einrichten.“

„Claus, du lieber, bester Claus – wirklich?“

„Da es ein großer Herzenswunsch meiner Frau ist – –“

„Mein aller-allergrößter! Wenn ich Malerin werden dürfte, wäre ich überglücklich!“

„Du mußt nur ernsthaft überlegen, mein liebes Kind, wie sich das mit deinen Hausfrauen- und Mutterpflichten vereinigen läßt.

Aus deinem Wunsche ersehe ich, daß du innerlich nicht vollkommen befriedigt bist und daher nach Neuem suchst."

„Nach geistiger Anregung, Claus."

„Der Unterricht in Holzau ist umständlich. Man fährt über eine halbe Stunde mit der Bahn."

„Ich nehme das Auto! Ich habe ja den Führerschein!"

„Gewiß, Pucki, den hast du, aber du weißt, ich brauche das Auto sehr oft zu Krankenbesuchen."

Pucki schmiegte sich an den Gatten. „Ach, Claus, es muß gehen! Ich will es nur jede Woche ein oder zwei Stunden haben. – Darf ich mich anmelden?"

„Vielleicht fährst du erst einmal hinüber nach Holzau und sprichst mit dem Herrn. Hier in Rahnsburg bietet sich leider keine Gelegenheit, deinen Wunsch zu erfüllen. Ich fürchte, es werden sich Schwierigkeiten ergeben."

„Werden alle über den Haufen gerannt, Claus! Ach, Claus, wenn ich erst eine bekannte Malerin geworden bin, hast du es viel leichter! Dann bekommt auch Karlchen einen ebensolchen blauen Samtanzug wie Carmens Junge. Mit einem weißen Spitzenkragen, auf den die blonden Locken fallen! So male ich ihn dann. Ach, es wird herrlich sein!"

„Und wo bleibt Karlchen während deiner Abwesenheit?"

„Er muß in Emiliens Obhut bleiben. Emilie ist treu und gut", erwiderte Pucki hastig.

„Wir wollen deinen Wunsch nochmals gründlich überlegen."

Den Abend über schwärmte Pucki ihrem Manne vor, wie schön es sein würde, wenn sie erst Mitverdienerin sei, ein Atelier hätte und interessante Künstler ins Haus kämen.

Claus schwieg dazu.

Ich werde Malerin

Obwohl Pucki an den Malstunden, die sie bei Lars Alsen nahm, große Freude hatte, fühlte sie sich innerlich ein wenig unfrei. Es war wirklich mancherlei zu bedenken gewesen, ehe sie zu einem Entschluß gekommen war. Larsen hätte es am liebsten gesehen, wenn Frau Gregor vormittags zu den Stunden gekommen wäre, doch das ließ sich nicht einrichten, weil vormittags die Wirtschaft besorgt werden mußte und Emilie noch viel zu jung war, um die Hausfrau vertreten zu können. So wurden die Malstunden zweimal in der Woche auf nachmittags von drei bis vier Uhr gelegt. Das Auto konnte Claus auch nicht zur Verfügung stellen, da er oft nach dem Essen zu Krankenbesuchen über Land fahren mußte und meist erst um fünf Uhr zu seinen Sprechstunden zurückkam. So mußte Pucki den Zwei-Uhr-Zug benutzen und konnte erst gegen sechs Uhr wieder heimkommen.

„Claus, du hättest es vielleicht doch einrichten können, mich hin und wieder nach Holzau zu fahren."

Hin und wieder geschah es auch, aber sehr selten. Da Emilie beim zweiten Fernsein der jungen Frau ein wenig versagte, denn Karlchen hatte sich eine beträchtliche Beule am Kopf gestoßen, verfiel Pucki auf den Ausweg, ihre jüngste Schwester Agnes zu bitten, jeden Dienstag und Freitag ins Haus zu kommen und mit Karlchen zu spielen. Die fünfzehnjährige Agnes, die in Rahnsburg die Schule besuchte, war gern dazu bereit, den Wunsch der Schwester zu erfüllen. Sie kam an diesen Tagen gleich von der Schule aus zum Mittagessen und ging erst abends nach sechs Uhr wieder hinaus zum Forsthause Birkenhain.

„Siehst du, Claus", rief Pucki triumphierend, „auch dieses Hindernis ist aus dem Wege geräumt! Jetzt wäre nur noch nötig, daß ich ein Kleinauto zu meiner Verfügung hätte, damit ich nicht in Holzau fast zwei Stunden zwecklos herumzusitzen und in der Konditorei das schöne Geld ausgeben muß."

„Nun, du hast in Holzau allerhand zu sehen, kleine Frau. Schöne Geschäfte sind da und auch einige Kinos. Waltraut kann sich hin und wieder frei machen, da wird dir die Zeit rasch vergehen."

„Ach, ich bin so glücklich, daß du mir Gelegenheit gibst, Malstunden zu nehmen. Lars Alsen sagte, ich hätte großes Talent, und Lars Alsen muß es wissen. Er malt wunderbar! Claus, eine ganz neue Welt hat sich mir erschlossen, als ich sein Atelier betrat! Ich schwärme für diesen Maler."

„Muß ich eifersüchtig werden, Pucki?"

„Lars Alsen ist ganz anders als du; große funkelnde Augen hat er und schöne Hände. Seine Stimme klingt wie ferne Musik – mitunter kann er aber furchtbar grob werden. Wirklich, ein komischer Mann! – Ach, Claus, du mußt ihn kennenlernen!"

„Wird noch kommen, kleine Frau."

„Ich bin sehr fleißig, ich bin seine einzige Schülerin. Er wollte keinen Unterricht geben, er wollte in Holzau ganz zurückgezogen leben und nur seiner Kunst dienen. Er hat wohl aber eingesehen, daß aus mir etwas zu machen ist. Ich muß ganz von vorn anfangen, Claus. Lars Alsen sagte, ich könne noch nicht richtig sehen. – Heute schalt er entsetzlich mit mir. Er sah aus, als wollte er mich mit dem Pinsel erstechen!"

„Ein furchtbarer Mann!"

„Dann macht er mir gleich wieder Mut. – Ach, Claus, ich werde ganz gewiß etwas erreichen, und von dem ersten Geld, das ich durch meine Malerei verdiene, kaufen wir – kaufe ich – dir – – oder mir – –. Ach, das weiß ich noch nicht!"

„Den blauen Samtanzug mit dem Spitzenkragen."

„Ja, dann hat unser Karlchen einen ebenso schönen Anzug wie der Bubi von Carmen."

Jedesmal, wenn Pucki am Dienstag oder Freitag das Haus verließ, um nach Holzau zu fahren, bekamen Agnes und Emilie Verhaltungsmaßregeln.

„Du brauchst uns das alles nicht immer wieder zu sagen", meinte die Schwester Agnes schnippisch, „ich weiß allein, was ich zu tun habe. Geh du nur ruhig pinseln."

Das Zusammentreffen mit Waltraut, der achtzehnjährigen angehenden Krankenpflegerin, war für Pucki auch nicht immer erfreulich.

„Ich kann es nicht begreifen, liebe Pucki", sagte Waltraut einmal, „daß du jede Woche zwei ganze Nachmittage von deinem Kind fortgehst, nur um eine Laune zu befriedigen."

„Laune?" fuhr Pucki auf. „Es ist ein innerer Drang in mir, Malerin zu werden."

„Ich wundere mich über Claus, daß er es erlaubt."

„Es ist ihm recht, wenn ich später Geld verdiene. Er braucht sich dann nicht allein zu quälen."

„Daran denkt Claus gewiß nicht. Er arbeitet gern für seine Familie. Pucki, ich bin fest davon überzeugt, daß er sich nur widerstrebend deinem Wunsche fügt. Er ist sehr gut.“

„Natürlich ist er gut! Schließlich aber will eine junge Frau auch ein wenig Abwechslung haben.“

„Warte nur“, lachte Waltraut, „wenn du erst drei oder vier Kinder hast, dann wirst du die Malstunden von selbst wieder einstellen.“

„Ich will etwas erreichen. Wenn ich mir etwas ernsthaft vornehme, wird es durchgeführt!“

„Hast du niemals daran gedacht, daß du dadurch den Haushalt vernachlässigst?“

„Rede keinen Unsinn, Waltraut! Agnes ist zu Hause, und Mutter will hin und wieder auch nach Karlchen sehen.“

„Mutti ist auch nicht damit einverstanden, daß du Malunterricht nimmst.“

Auf Puckis Stirn erschien eine Falte. „Jede Frau, auch wenn sie noch so viele Kinder hat, muß sich zeitweilig entspannen. Für mich ist die Malerei eine Auffrischung. Ihr versteht das eben nicht! Claus ist einverstanden, und das genügt mir!“

Trotzdem blieben die mahnenden Worte der Schwester nicht völlig ohne Eindruck bei Pucki. Wenn sie von vier bis sechs Uhr untätig in Holzau in einer Konditorei saß, gab sie mitunter der Schwester recht. Es war eben schlimm, daß sie kein Auto hatte, mit dem sie viel rascher wieder zurück in ihr Heim gebracht wäre. Carmen hatte auch ein Auto zu ihrer Verfügung. Wenn sie erst einmal Geld für ein gemaltes Bild erhielt, würde sie weiter sparen, damit auch für sie ein kleiner Wagen dabei heraussprang. Dann war es nicht mehr schlimm, dann konnte sie schon nach dreistündiger Abwesenheit wieder daheim sein.

Auch Rose Teck spürte die Malstunden. Sonst hatte Pucki jede Woche einmal den Weg nach der Schmanz gefunden, jetzt war dafür keine Zeit vorhanden. Die beiden Nachmittage, die sie in Holzau verbrachte, machten sich auch daheim deutlich bemerkbar. Gar manches blieb liegen, was sonst pünktlich erledigt wurde.

Aber auch in Rahnsburg begann man über die junge Frau Doktor Gregor zu reden, die plötzlich Malunterricht nahm. Pucki war töricht genug gewesen, überall von ihren hochfliegenden Plänen zu sprechen. Oft genug fielen von ihren Lippen sogar die Worte: „Wenn ich erst eine berühmte Malerin bin ...“

So kam es, daß man Frau Doktor Gregor bald nur noch die „berühmte Malerin“ nannte. Es fiel manche anzügliche Äußerung, die die junge Frau kränkte. Doch spornte sie das alles um so mehr an, und oft bat sie Lars Alsen, er möge sie sehr schnell fördern, denn sie habe nicht viel Zeit zu verlieren.

Claus selbst mußte bald erkennen, daß er sich wieder einmal in Pucki geirrt hatte. Er erwartete mit aller Bestimmtheit, daß seiner Frau nach kurzer Zeit der Malunterricht langweilig werden, daß sie ihre wahren Pflichten erkennen und aus sich selbst heraus die Stunden aufgeben würde. Aber sie sah nicht, daß sie zu Hause nötiger war als im Atelier des Künstlers. Es machten sich bereits hier und da Mängel bemerkbar, die dem Fernsein der Hausfrau zuzuschreiben waren. Was hatte der Malunterricht überhaupt für einen Zweck, da Pucki in Monaten wieder einem Kindchen das Leben geben würde? Mitunter bedauerte Claus es geradezu, daß er dem Wunsche seiner Frau nachgegeben hatte. Nun war es zu spät, nun mußte er ruhig abwarten, bis sich Pucki selber zurückfand.

Auch Frau Sandler, Puckis Mutter, war mit dem Tun ihrer Tochter nicht einverstanden.

„Ich halte dein Talent nicht für so groß, mein Kind, daß es ausgebildet werden muß. Du sagtest mir einmal, euer Familienglück sei so groß, daß es für dich nichts Schöneres gäbe, als daheim bei Mann und Kind zu sein. Sorge für beide zu jeder Stunde, wie es sich für eine pflichtgetreue Hausfrau gehört."

„Der berühmte Maler Rogaten sagte mir, ich hätte Talent, und Lars Alsen sagt es auch. Mutti, ich glaube, die beiden Herren sind maßgebend. Karlchen entbehrt nichts durch meine Abwesenheit. Agnes sorgt gut für ihn, und Claus ist meistens fort. Er merkt es kaum, daß ich zweimal in der Woche in Holzau bin."

„Es kostet viel Geld, Pucki."

„Das bringe ich später wieder ein."

„Ach, Kind, rede nicht solchen Unsinn! Es gibt genügend berühmte Maler, die ihre Sorgen haben. Nach deinen Bildern wird keiner fragen. Man verdenkt es dir bereits in Rahnsburg, daß –"

„Darum kümmere ich mich gar nicht, Mutti. Ich bitte dich, laß mir die Freude! Ich bin restlos glücklich, wenn ich im Atelier von Lars Alsen sitze und meinen Gedanken durch den Pinsel Ausdruck verleihen kann."

„Mit deinen dreiundzwanzig Jahren solltest du vernünftiger sein, Pucki. Nun, ich hoffe viel von der Zukunft. Laß erst im

Doktorhause wieder ein Wickelkindchen schreien, dann wird die Mutter hoffentlich wieder dauernd zur Stelle sein."

Pucki warf den Blondkopf in den Nacken, genau so, wie sie es als Kind getan hatte, wenn ihr etwas nicht paßte. Sie zog es vor, die Unterhaltung auf ein anderes Gebiet zu bringen. Mit ihrer Liebe zur Malerei wurde sie von der Mutter doch nicht verstanden. – –

In einer der nächsten Malstunden fragte Lars Alsen, ob Pucki zu Hause ein Atelier habe, in dem sie ungestört arbeiten könne.

Sie verneinte errötend. Während sie später in der Konditorei saß und darüber nachdachte, beschloß sie, diesen Mangel zu beheben. Lars Alsen hatte recht, wenn er sie daran erinnerte. Er sagte, er könne nur in seinem Atelier etwas Gutes schaffen; Störungen, die von außen her während der Arbeit an ihn heranträten, hinterließen an seiner Arbeit ihre Spuren. Man sähe es jedem Bild an, ob es in Ruhe und Sammlung geschaffen sei oder ob Unterbrechungen eingetreten wären, die verhinderten, daß ein geschlossenes Kunstwerk entstünde.

„Ja, ich muß ein Atelier haben", murmelte Pucki auf der Heimfahrt vor sich hin, „sei es auch noch so klein. – Wo richte ich es ein?"

In der Wohnung war es unmöglich. Das Haus gehörte Doktor Kolbe, der noch immer im oberen Stockwerk wohnte. Die unteren Räume waren notwendig: Wartezimmer, Sprechzimmer, Eßzimmer, Wohnzimmer und Schlafzimmer. Das kleine Damenzimmer, das sich Pucki eingerichtet hatte, war als Atelier untauglich, denn es hatte kein richtiges Licht. Das

Fremdenzimmer lag im zweiten Stockwerk und war außerdem nicht heizbar. Sie konnte im Winter darin nicht arbeiten. Ob sie einmal mit Doktor Kolbe sprach, daß er eines seiner Zimmer im ersten Stockwerk an sie abgab? Er lebte mit seiner Frau sehr zurückgezogen; die beiden alten Leute brauchten bestimmt nicht alle vorhandenen Räume. Wenn er ihr das Erkerzimmer gab? Dort war gutes Licht, der Raum war groß und hell, und sie konnte zu jeder Zeit von Emilie heruntergerufen werden, falls man sie brauchte.

Traurig schüttelte sie den Kopf. Der alte Doktor Kolbe würde sie auslachen. Erst in der vorigen Woche hatte er geäußert, als er sie auf dem Bahnhof traf, daß er diese Malstunden für überflüssig hielte. Wenn er nun noch hörte, daß sie stundenlang im eigenen Atelier weilen wolle, würde er ihr wahrscheinlich Vorhaltungen machen.

„Ich vernachlässige meine Pflichten weder als Gattin noch als Mutter. Auch eine verheiratete Frau kann etwas zur eigenen Entspannung tun, und ich entspanne mich bei der Malerei", redete sie sich ein.

Das Atelier wollte ihr nicht aus dem Kopfe gehen. Das große Wohnzimmer hatte einen dreifenstrigen Erker. Dieser Erker war das Reich ihres Knaben. Dort lag der Spielteppich, dort stand die Boxe, in der Karlchen das Laufen gelernt hatte. In dieser Boxe war er gut aufgehoben, wenn die Mutter und Emilie in der Küche beschäftigt waren. Wenn sie die Staffelei in den Erker stellte? – – Vielleicht ließ sich die Boxe an eine der Zimmerwände schieben; sie brauchte nur das kleine Sofa fortzunehmen. Das Sofa fand sicherlich noch einen Platz im Eßzimmer.

„Ja, so geht es!“ rief Pucki laut. Noch heute wollte sie die nötigen Veränderungen vornehmen, und morgen früh schon stand sie zum ersten Male im eigenen Atelier. Pucki lachte fröhlich auf. Das Atelier war zwar klein und behelfsmäßig und nicht so, wie es richtige Künstler hatten, aber – es war der Anfang.

„Ich vernachlässige meine Pflichten nicht im geringsten, ich habe Karlchen während der Arbeit unter meinen Augen“, tröstete sich die junge Frau.

Am nächsten Morgen wurde umgeräumt. Pucki hatte dem Gatten nichts von ihrem Plan gesagt. Wenn er mittags zum Essen kam, würde er die Ateliérecke bereits vorfinden und sicherlich ihren praktischen Sinn bewundern.

Karlchen war der erste, dem die Veränderung nicht gefiel. Er fühlte sich an seinem neuen Platz gar nicht wohl, er schrie und lärmte und wollte wieder in den Erker zurück, in dem das merkwürdige Ding mit den hohen Beinen stand. Dieses Ding erregte des Kindes höchste Aufmerksamkeit. Da er mit dem Schreien nicht aufhörte, hob ihn Pucki aus der Boxe, gab ihm den Wollhund und die Wollkatze zum Spielen und setzte ihn mitten ins Zimmer. Als er die Mutter verdutzt ansah, als er Hund und Katze fest an sich drückte, überkam Pucki plötzlich die Lust, den kleinen Kerl, so wie er sich jetzt zeigte, zu malen.

„Du bleibst sitzen!“ rief sie ihm zu.

Der Ton ihrer Stimme klang so befehlend, daß Karlchen tatsächlich regungslos sitzenblieb. Rasch öffnete Pucki den Malkasten. Erst nahm sie die Kohlestifte, um die Umrisse hinzuwerfen.

Karlchen verzog das Gesicht und begann erneut zu weinen.

„Herrlich, herrlich“, jubelte Pucki, „heule kräftig, du süßer Bengel. Es soll ein Bild werden, über das sogar Lars Alsen staunen wird!“

Emilie kam ins Zimmer und stellte eine wirtschaftliche Frage, aber Pucki fuhr sie kurz an.

„Es hat noch viel Zeit mit dem Essen. – Jetzt kann ich nicht abkommen!“

Karlchen stellte sich auf die kleinen Füßchen, fiel wieder auf die Nase, schrie zornig auf und krabbelte dann auf allen vieren zur Staffelei. Pucki ließ ihn ruhig gewähren. Was sie brauchte, war bereits auf der Leinwand. Später mußte sich Karlchen wieder in die gewünschte Stellung setzen, doch jetzt ließ sie ihn für ein Weilchen tummeln.

Pucki arbeitete emsig. Sie übersah es, daß Karlchen mit beiden Händchen das eine Bein der Staffelei erfaßte. Im nächsten Augenblick fiel der Rahmen mit der aufgespannten Leinwand zu Boden. Neues Geschrei begann, in das sich Puckis Schelten mischte. Karlchen bekam einige tüchtige Klapse und wurde in die Boxe gesetzt. Pucki stellte das Bild zurück auf die Staffelei und zeichnete weiter. Daß Karlchen ein Stück Kohlestift mitgenommen hatte, ahnte die junge Mutter nicht. Erst später, als sie sich nach ihm umwandte, weil er gar so still war, sah sie, was der Kohlestift angerichtet hatte. Karlchen malte auf seinem hellblauen Kittel Striche, malte auf den Fußboden, auf den weißen Wollhund und wischte mit den schwarzen Händen die Tränen von den Wangen und staunte grenzenlos darüber, daß seine weißen Hände plötzlich schwarz waren.

Pucki blieb das Schelten im Halse stecken. Wie sah das Kind aus!

„Ei – Mama ei“, krähte der kleine Kerl und lachte vergnügt.

Wenn Claus nur jetzt nicht nach Hause käme! Schnell erst den kleinen Schmutzbengel waschen und die Spuren des Kohlestiftes vertilgen.

„Ein Ferkel bist du!“ rief Pucki erzürnt und hob den Knaben aus der Boxe.

„Mama soooo lieb!“ rief Karlchen, und die kleinen schwarzen Händchen fuhren der Mutter liebkosend ins Gesicht. Pucki bog den Kopf zurück, aber Karlchen schaute strahlend auf die fleckigen Wangen seiner Mutter und jauchzte vor Vergnügen.

„Mama – Mama – Mama!“ Wieder patschten die Kinderhände in Puckis Gesicht und wischten in dem Blondhaar herum. Die junge Mutter konnte sich kaum erwehren.

„Laß das, du Unart!“ Aber Karlchen fand es so wunderbar schön, die Mutti in einen schwarzen Mann zu verwandeln. Immer flinker arbeiteten die kleinen Hände, bis Pucki den Knaben verärgert auf den Boden setzte. Dann gingen beide ins Schlafzimmer, wo eine gründliche Säuberung vorgenommen wurde.

So war die erste Arbeitsstunde im eigenen Atelier nicht gerade angenehm verlaufen. Emilie mußte kommen und die Diele säubern, weil Karlchen auch ein Stück des Kohlestiftes zertreten hatte. Dann erhielt sie den Auftrag, den Knaben in der Küche zu behalten. Pucki wollte unter allen Umständen weiter an dem begonnenen Bilde arbeiten. Noch sah sie in Gedanken das Kind auf der Erde sitzen. Dieses Bild mußte festgehalten werden.

Mit Feuereifer machte sie sich wieder an die Arbeit. Wohl hörte sie einmal Karlchens weinerliche Stimme, aber diesmal ließ sie sich nicht stören. Sie wollte alles daransetzen, Lars Alsen morgen ihre Kunst zu zeigen.

Emilie erschien zum zweitenmal im Wohnzimmer und stellte eine Frage wegen des Mittagessens.

„Bereiten Sie alles vor, in einer halben Stunde bin ich draußen."

Emilie hatte jedoch aus dem Keller Kohlen zu holen; darum brachte sie Karlchen zurück ins Zimmer und setzte ihn in die Boxe. Doch während sie im Keller war, brannte in der Küche der Milchreis an.

Beim Mittagessen schaute Claus fragend seine Frau an. „Es ist heute vormittag wohl ein wenig unruhig gewesen, Pucki? Was ist geschehen? Was hat der arme Milchreis getan?" fragte er.

„Ich habe eine Überraschung für dich, Claus. Wärst du etwas eher gekommen, hätte ich dir alles schon gezeigt. – Ich habe ein Atelier."

„Ein Atelier?"

„Ja, Claus, es war unbedingt notwendig. Lars Alsen sagte, man hätte sonst nicht die nötige Sammlung zur Arbeit. Aber – es ist noch nicht das richtige Atelier. Ich konnte mich heute nicht sammeln, Karlchen störte mich."

„Das Kind störte die Mutter?"

Pucki stocherte im Essen herum. „Nur weil ich malen wollte, Claus. Ich war gerade in Stimmung. – Würdest du dich nicht furchtbar freuen, wenn ich dir zu Weihnachten ein selbstgemaltes Bild schenkte? – Ein Bild von unserem Jungen?"

„Pucki, ich würde mich über jede Handarbeit von dir freuen. Du weißt, wie lieb ich jenes Kissen habe, das du mir voriges Jahr schenktest. Ich weiß, daß du während dieser Arbeit bei Karlchen saßest und dein ganzes Mutterglück in die Blumen hineingearbeitet hast."

„Und jetzt male ich unser Familienglück in das Bild hinein, Claus."

Nach dem Essen fragte er nach dem Atelier. Pucki führte ihn ins Wohnzimmer. Er schaute sie ernst an.

„Vielleicht wäre es richtiger gewesen, wenn du unserem Jungen für die bevorstehenden Wintermonate den hellen Erker zum Spielen gelassen hättest. Möchtest du den alten Zustand nicht wiederherstellen?"

Pucki sagte nichts dazu. Aber in der nächsten Malstunde warf sie bei Lars Alsen die Frage auf, ob es nicht unbedingt notwendig sei, daß ein Mensch, der durch ernstes Streben in der Malerei etwas Gutes leisten wolle, ein Atelier brauche.

„Ich möchte Ihnen einen Vorschlag machen, Frau Doktor", erwiderte der Künstler. „In meinem Hause gibt es mehrere helle Zimmer. Ich richte Ihnen kostenlos einen Raum her. Sie können dann täglich einige Stunden ungestört darin arbeiten."

Pucki erwiderte nichts. Gewiß, es würde gehen, daß sie im Anschluß an die Unterrichtsstunden hierblieb, statt in der Konditorei zu sitzen. Aber im Atelier konnte sie nachmittags nicht arbeiten, weil jetzt im November das Tageslicht fehlte.

„Ich hätte nur nachmittags Zeit."

„Sie müßten vormittags kommen, um richtiges Licht zu haben."

„Ich bin Hausfrau – –“

„Ja, das müssen Sie sich überlegen. Kommen Sie, ich zeige Ihnen das Zimmer.“

Pucki meinte, sie könne sich das Zimmer wohl ansehen. So folgte sie dem Maler. Sie betraten vom Atelier aus einen hellen Nebenraum. Auf einer Staffelei stand ein fast vollendetes Bild, das eine wunderschöne Frau in großer Gesellschaftstoilette darstellte.

„Wie schön!“ klang es von Puckis Munde.

„Gefällt Ihnen das Bild?“

„Was ist das für eine herrliche Frau! – Malen Sie die Dame?“

„Ja, es ist Frau Selenko. Sie kommt wöchentlich zweimal zu mir, manchmal auch öfter.“

„Das ist ja eine selten schöne Frau!“

„Eine interessante Frau.“

„Wohnt sie in Holzau?“

„Nur vorübergehend. Der Gnädigen ist es daheim zu langweilig geworden. Sie machte sich auf die Reise und landete hier bei einer Freundin auf einem Gute. Das Landleben wurde ihr aber auch rasch über, und um ein wenig Abwechslung zu haben, kam Frau Elzabel Selenko auf den Gedanken, sich von mir malen zu lassen.“

„Das sind gewiß interessante Stunden?“

„Eine recht unterhaltende Frau. – Wollen Sie sie kennenlernen, Frau Doktor?“

„Sie ist wohl sehr elegant?“

„Reich und elegant.“

„Ich schwärme für reiche und elegante Frauen."

„Wenn Sie morgen vormittag gegen elf Uhr herkommen, können Sie mit Frau Elzabel bekannt werden."

„Elzabel – das allein schon ist ein merkwürdiger Name."

„Frau Selenko liebt das Außergewöhnliche. Der schlichte Name Elisabeth schien der schönen Frau nicht passend. So wurde Elzabel daraus."

„Ich finde den Namen schön. – Elzabel – ja, so muß diese Frau in dem kostbaren Gewande heißen. – Elzabel. – Ach ja, ich möchte sie kennenlernen. Ich werde ihr natürlich zu einfach sein."

„Frau Elzabel sehnt sich nach Bekanntschaften. Die Freundin hat wenig Zeit für sie übrig, da sie Mutter von drei Kindern ist. Ich glaube, ich leiste Frau Elzabel einen Dienst, wenn ich Sie miteinander bekannt mache."

„Das wäre herrlich!"

„Frau Elzabel hat ein eigenes Auto, steuert den Wagen selbst, macht gerne Ausfahrten und ist sehr anregend. Wenn Sie wollen, dann stellen Sie sich morgen um elf Uhr ein."

„Ob ich ihr gefallen werde?"

Der Maler lachte. „Warum nicht? Ich möchte sie beide nebeneinander malen. Das könnte ein interessantes Bild werden." –

Pucki dachte daran, daß sie eigentlich, wenn sie morgen dieser eleganten Frau gegenüberstehen würde, den Wintermantel vom vorigen Jahr nicht mehr gut tragen könnte. Einen neuen kaufen?

Nein, der Mantel war noch sehr gut. Sie konnte Claus unmöglich diese neue Ausgabe zumuten.

Nach dem Unterricht ging sie aber doch nach der Hauptgeschäftsstraße und blieb vor einem Schaufenster stehen, in dem Wintermäntel ausgestellt waren. Nach einigem Zögern betrat sie sogar den Laden.

„Kaufen will ich noch nicht, erst etwas ansehen", dachte sie.

Sie verließ das Geschäft auch wieder, ohne einen Mantel erstanden zu haben. Zu Hause stand sie lange vor dem Spiegel. „Er wird schon noch gehen! Ich habe ohnehin in letzter Zeit zu viel Geld ausgegeben für die Stunden, für Staffeleien, Farben und Fahrgeld. Ich muß sparen, wie es sich für die Frau eines Arztes gehört. Ja, wäre ich Carmen oder Frau Elzabel! – Ach, es muß schön sein, viel Geld zu haben! Vielleicht werde ich einmal reich!"

Heckenröslein

Es war das erstemal, daß Pucki ihrem Gatten mit voller Absicht eine Unwahrheit sagte. Für den heutigen Vormittag war der Monteur bestellt, der in der Wohnung einige Leitungen verlegen sollte. Pucki sagte dem Manne durch den Fernsprecher ab und erklärte Claus, der Monteur würde erst morgen kommen, sie müsse wichtige Besorgungen machen, sie ginge dabei auch wieder einmal zu den Eltern. Das Herz pochte ihr stürmisch bei dieser Ausrede, aber Claus hätte es nie verstanden, daß sie, um die Bekanntschaft einer interessanten Frau zu machen, nach der Kreisstadt fuhr. Hinterher fiel Pucki ein, daß es besser gewesen wäre, wenn sie gesagt hätte, zu wichtigen Weihnachtseinkäufen nach Holzau fahren zu müssen. Nun war die Lüge ausgesprochen, nun gab es kein Zurück mehr.

Noch unruhiger wurde die junge Frau, als sie auf dem Bahnhof mit Doktor Kolbe zusammentraf, der ebenfalls nach Holzau fahren wollte. Er stieg natürlich in das gleiche Abteil ein und wunderte sich über die sichtliche Verlegenheit der jungen Frau.

„Weihnachtseinkäufe“, stotterte sie, „ganz heimliche Einkäufe. Claus darf nichts davon wissen.“

Das war die zweite Lüge! Während der Zug Pucki der Kreisstadt zuführte, fiel ihr ein Ereignis aus der Kindheit ein. Die Lehrerin hatte gesagt, alles käme einmal ans Licht der Sonne. Pucki hatte es nicht glauben wollen, mußte jedoch bald erkennen, daß das Wort sich bewahrheitete. Würde auch diese Lüge einmal offenbar werden und Claus tief kränken? Warum fand sie nicht den Mut, offen davon zu sprechen, daß sie furchtbar gerne Frau Elzabel Selenko kennenlernen wollte? Der immer gütige Claus würde bestimmt dazu gelächelt und ihr die Bitte nicht abgelehnt haben.

Auf Doktor Kolbes Fragen gab Pucki zerstreute Antworten. Er erkundigte sich nach den Malstunden und wollte wissen, ob sie auch im neuen Jahre weiter zu Lars Alsen fahren würde.

„Vielleicht ist es besser, Sie schonen sich mehr, kleine Frau.“

„Die Stunden machen mir viel Freude, Herr Doktor. Lars Alsen sagt, ich habe Talent, und ein Talent darf nicht brachliegen.“

„Ihr größtes Talent besteht darin, Ihrem lieben Gatten das Heim behaglich gemacht zu haben. Sie haben einen prächtigen Mann, ein liebes Kind, und ich könnte mir eigentlich denken, daß Sie sich in Ihrer Häuslichkeit wohl genug fühlen, um nach nichts anderem mehr zu fragen.“

„Ja, ich fühle mich daheim sehr wohl."

Pucki ärgerte sich über die Art und Weise des alten Herrn und war froh, als Holzau erreicht war. Sie lehnte die weitere Begleitung des Arztes ab und ging, obwohl sie der Weg nach der anderen Seite führte, rasch in eine Nebenstraße, nur um Doktor Kolbe loszuwerden.

Noch hatte sie eine halbe Stunde Zeit. Um elf Uhr sollte sie im Atelier sein, um die schöne Frau Elzabel kennenzulernen. Verstohlen betrachtete sich Pucki in einer Spiegelscheibe. Sie hatte sich heute besonders sorgfältig gekleidet und sah recht gut aus. Wenn sie aber an das herrliche Bild dachte, das in Alsens Atelier stand, kam sie sich geradezu ärmlich vor.

Um rechtzeitig wieder zu Hause zu sein, war sie heute gezwungen, gegen zwölf Uhr ein Auto zu nehmen, das sie zurück nach Rahnsburg brachte. Solch ein Wagen kostete zehn Mark, zehn herausgeworfene Mark, die Claus mühsam verdiente. Immer wieder gesellten sich neue Gewissensbisse zu den alten. Pucki hatte an der Bekanntschaft mit Frau Elzabel plötzlich keine rechte Freude mehr.

„Ist es nicht gleichgültig, ob ich diese Frau kenne oder nicht? Ach, wie bin ich dumm!"

Mit dem Glockenschlage elf Uhr betrat sie trotzdem das Atelier ihres Lehrers. Aus dem Nebenzimmer, in dem die Staffelei mit dem schönen Bilde stand, vernahm Pucki silberhelles Lachen.

„Frau Elzabel Selenko", sagte sie, „sie lacht genau so, wie ich mir vorstelle, daß schöne Frauen lachen müssen."

Lars Alsen schien Frau Doktor Gregors Kommen gehört zu haben. Er betrat das Zimmer und begrüßte sie herzlich.

„Frau Selenko freut sich auf Ihre Bekanntschaft, Frau Doktor. Bitte, treten Sie hier ein."

Pucki sah die ausgestreckte Hand der schönen Frau nicht. Sie blickte auf die herrliche Erscheinung in der kostbaren Abendtoilette, in der Lars Alsen sie malte, auf die funkelnden Steine an Hals und Ohren, auf das prachtvolle weißblonde Haar, in dem ebenfalls Steine leuchteten. Was war das für ein purpurroter Mund! Und die weiße, zarte Haut! – Pucki wußte in diesem Augenblick, daß sie niemals eine schönere Frau gesehen hatte als diese Frau Elzabel.

Wieder vernahm sie das melodische Lachen. „Ich freue mich aufrichtig, die talentvolle Schülerin unseres Meisters kennenzulernen."

Am liebsten hätte Pucki der Dame eine tiefe Verbeugung gemacht. Tiefes Rot überzog ihr frisches Gesicht. Ganz reizend stand ihr die Verlegenheit.

Frau Elzabels Augen ruhten freundlich auf dem jungen Gesicht.

„Was sind Sie für ein hübsches Frauchen! Meister, der Frühling ist in Ihr Atelier getreten!"

Pucki fand keine Antwort darauf. Die ganze Erscheinung der schönen Frau verwirrte sie; außerdem sah sie an der Wand einen Pelzmantel hängen, der ebenfalls ihre Aufmerksamkeit fesselte. Solch einen Pelz hatte sie einmal in Köln gesehen, auf ihrer Hochzeitsreise. Es mußte ein sehr teures Stück gewesen sein. Nun hatte Frau Elzabel einen solchen kostbaren Mantel.

„Meister, haben Sie die reizende junge Frau noch nicht gemalt?"

„Noch nicht!“

„Meister, warum lassen Sie sich so viel Anmut entgehen? Könnte ich malen, ich stellte unsere entzückende Frau Doktor Gregor in den Frühlingssonnenschein an eine blühende Hecke, die mit kleinen Röschen besät ist. Ich stellte Frau Doktor Gregor mit ihren leuchtenden Blauaugen hinein in diesen Frühling und taufte dieses Bild: Heckenröslein!“

„Ein reizender Gedanke, verehrte Frau!“

Frau Elzabel begann zu trällern: „Sah ein Knab' ein Röslein stehn, Röslein auf der Heide, war so jung und morgenschön ...“

Das Gefühl, das Pucki überkam, war ihr neu. Sie fühlte sich geschmeichelt, emporgehoben; ein erfreuter, dankbarer Blick traf die schöne Frau. Diese natürliche Freundlichkeit hatte sie nicht erwartet.

„Heckenröslein – man muß Sie liebhaben, wenn man Sie anschaut! Nun freue ich mich doppelt, daß mir der Meister Gelegenheit gab, Sie kennenzulernen.“

„Nun, Frau Doktor Gregor, habe ich es richtig gemacht?“

„Jawohl, Meister!“

Das Wort gefiel ihr; sie würde in Zukunft nur noch vom „Meister“ reden, der ihr Malunterricht erteilte.

„Sie haben gewiß einige Stündchen Zeit, Heckenröslein“, begann Frau Selenko von neuem. „Wir können vielleicht gemeinsam speisen. Ich ziehe mich rasch um, dann machen wir einen kleinen Bummel durch die Stadt. Ich werde mich mit dem Hotel Hensel verbinden lassen. Man soll uns ein kleines Diner zusammenstellen. – Meister, machen Sie mir die Freude, um zwei

Uhr bei Hensel zu erscheinen. Sie sind herzlichst eingeladen, Meister. Und für die kleine Frau Doktor Gregor bitte ich Herrn Referendar Kasch. Das wird ein fröhlicher Kreis werden! In einer Viertelstunde bin ich wieder hier, Heckenröslein. Bis dahin entschuldigen Sie mich, bitte!“

„Es ist mir leider nicht möglich“, sagte Pucki mit bebenden Lippen.

„Ich nehme keine Absage an, Heckenröslein! Sie werden mir doch die Freude nicht nehmen wollen. Übrigens – Sie kommen aus Rahnsburg? Ich bringe Sie gegen vier Uhr mit meinem Wagen heim.“

„Heute geht es wirklich nicht. – Es tut mir sehr leid, mein Mann weiß nicht –“

„Wir rufen ihn an.“

Pucki wurde immer bänglicher ums Herz. „Nein, es geht wirklich nicht“, stotterte sie, „gerade heute – heute – haben wir Tischgäste.“

„Das tut mir leid! Sie haben sicherlich daheim das nötige Personal. Wenn es sich nur um einen Freund des Gatten handelt – Hausfrauen müssen sich mitunter rar machen, kleine Frau. Nicht wahr, Heckenröslein? Also, speisen wir bei Hensel?“

„Nein, heute geht es nicht, es kommen mehrere Gäste. Ich habe sechs Personen zu Tisch geladen. – Es geht wirklich nicht!“

„Das tut mir aber leid! Vielleicht können wir aber in einer Konditorei noch ein Weilchen zusammenbleiben?“

„Nein, heute geht auch das nicht! Ich muß für die Gäste noch einige Besorgungen machen. Wir bekommen die Delikatessen, die ich brauche, nicht in Rahnsburg."

„Dann helfe ich Ihnen bei den Einkäufen. Ich verstehe es, einen Nachtisch zusammenzustellen, der allen Freude macht. Also abgemacht, Heckenröslein, in einer Viertelstunde bin ich wieder bei Ihnen."

Dann verließ Frau Elzabel das Zimmer. Sie ließ Pucki in größter Verlegenheit zurück.

„Ich habe gar keine Zeit", stammelte sie wieder, „wirklich keine Zeit, Meister. Bestellen Sie an Frau Selenko meine ergebensten Empfehlungen, aber – –"

„Unmöglich, Frau Gregor, Sie können doch nicht fortlaufen! Nein, das gibt es nicht! Die schöne Frau Elzabel bringt Sie gewiß in ihrem Wagen nach Rahnsburg. Sie verlieren also keine Zeit. Warten Sie, ich zeige Ihnen inzwischen mein neuestes Bild. Wir machen rasch einen Rundgang durchs Atelier. Sie sollen keine Langeweile haben."

Während Pucki sonst mit Freuden die fertigen und unfertigen Bilder Alsens betrachtete, waren ihre Gedanken heute gar nicht bei der Sache. Einkäufe mit Frau Elzabel? – – Das ging ja nicht! Frau Elzabel würde die teuersten Delikatessen aussuchen, die sie unmöglich kaufen konnte. Wozu auch? Es waren ja keine Gäste zu Hause. – Sollte sie eine plötzliche Unpäßlichkeit vorschützen? Auch das war lächerlich!

Überraschend schnell hatte sich Frau Selenko umgekleidet und stand nun in dem kostbaren Pelzmantel vor Pucki.

„Meister, ich bedaure unendlich, daß aus unserem vergnügten Essen nichts wird. – Wann haben Sie einmal Zeit, Heckenröslein? Sagen wir – am Freitag. Ja?“

„Freitag – bin ich nachmittags bei Bekannten eingeladen.“

„Am Sonnabend?“

„Da haben wir Handwerker im Hause.“

„Also am Sonntag! – Bringen Sie Ihren lieben Gatten mit.“

„Nein, Sonntag geht es nicht, da kommen die Eltern zu uns. Aber – ich gebe Bescheid. Ich würde mich sehr freuen. – Nächste Woche ganz bestimmt! Ich werde mir in der nächsten Woche nicht so viel vornehmen. Man ist in einer kleinen Stadt sehr in Anspruch genommen. Wir haben einen großen Bekanntenkreis. Es vergeht kaum ein Tag, an dem wir nicht geladen sind oder Gäste bei uns sehen.“

„Glückliches Heckenröslein! Ich langweile mich zu Tode! – Oh, ich ziehe demnächst von Holzau nach Rahnsburg und bleibe den Dezember über dort. Werden Sie mich in die Gesellschaft einführen?“

„Gern – sehr gern! Nur wollten wir – zum Wintersport fahren.“

„Herrlich! – Darf ich mich anschließen? Wie wäre es mit Schierke oder dem schönen Oberstdorf?“

„Darüber können wir später sprechen, jetzt muß ich fort.“

„Ach richtig, wir wollten ja Besorgungen machen. – Also, lieber Meister, auf Wiedersehen am Freitag!“

Unten stand der elegante Wagen. Frau Selenko nötigte Pucki, mit ihr einzusteigen.

„Um Ihnen raten zu können, Heckenröslein, müssen Sie mir sagen, was Sie Ihren Gästen heute vorsetzen. Es muß doch alles einen gewissen Zusammenhang haben. – Was geben Sie?"

Pucki schloß die Augen, lehnte sich in die weichen Kissen zurück und dachte nach. Was stand im Anhang ihres Kochbuches? Oft genug hatte sie die großen Speisenfolgen durchgelesen und mit Claus darüber gelacht, was die Leute alles in sich hineinessen, wenn sie zu einem großen Diner geladen werden.

„Fleischbrühe mit Eierklößchen und Parmesankäse. – Pastete von Makkaroni und Schinken mit Trüffelsauce. Rosenkohl und kleine gebratene Kartoffeln mit Würstchen von Schweinefleisch. Dann – dann die Nachspeise."

Wieder erklang das silberhelle Lachen der schönen Frau.

„Sie vergessen ja die Hauptsache, meine Liebe. Das war doch erst die Einleitung. Wo bleibt der Braten?"

„Natürlich – natürlich – Rehbraten mit Mixed-pickles, und dann hinterher die Nachspeise: Eis und dann – Weiter weiß ich nicht."

„Das Dessert. – Das werden wir sogleich kaufen."

Der Wagen hielt vor einem Geschäft. Pucki schlug das Herz bis zum Halse hinauf. Am liebsten hätte sie nach dem eleganten Pelzmantel gegriffen und die schreckliche Frau daran zurückgehalten. Aber tapfer verbiß sie die aufsteigenden Tränen.

„Einiges habe ich schon", sagte sie sich aufraffend. „Es fehlen nur noch Kleinigkeiten."

Dann standen die beiden Frauen im Laden. Immer wieder wandte sich Frau Selenko an Pucki, wenn sie etwas erstanden hatte. „Es ist Ihnen doch so recht?“

Puckis weiße Lippen bewegten sich nur unmerklich. Da standen bereits eingepackt: Apfelsinen, Malagatrauben, Feigen, Mandeln, Traubenrosinen, und noch immer hatte Frau Selenko nicht genug.

„Es reicht!“ rief Pucki plötzlich mit Aufbietung aller Kraft. „Was kostet es?“ Sie zog die Börse.

„Nun noch etwas Konfekt und Blumenschmuck.“

„Ist in Hülle und Fülle vorhanden!“

Pucki zahlte. Vierzehn Mark kostete der Nachtisch, dieses überflüssige Obst, das Pucki zum größten Teil vor Claus verbergen mußte und nur ganz allmählich auf den Tisch bringen konnte, damit Claus die unnötige Ausgabe, vor allem aber ihre Schwindeleien nicht merkte. Nein, mit Frau Elzabel konnte sie nicht mit. Die aß gewiß alltäglich solch einen teuren Nachtisch. Freilich, sie trug ja auch einen Pelz, der Tausende gekostet haben mußte.

„Was haben Sie noch zu besorgen?“

„Nichts mehr!“

„Liebste Frau Heckenröslein, nun können wir noch in eine Konditorei gehen. Wegen solcher Kleinigkeiten diese Eile?“

„Ich muß heim! Die Hausfrau hat doch die Oberaufsicht!“

„Sie haben doch sicherlich eine perfekte Köchin oder für heute sogar einen Koch?“

„Natürlich“, stieß Pucki hervor. „Trotzdem muß ich heim.“

„Also nach Rahnsburg. Ich fahre Sie hin. – Wie geht der Weg?“

Einige Augenblicke überlegte Pucki. Wenn sie im Auto der schönen Frau fuhr, sparte sie das teure Mietsauto. Wenn aber Frau Elzabel das schlichte Doktorhaus sah, würde sie nicht glauben, daß Pucki ein solch großartiges Mittagessen gäbe. Vielleicht wollte sie dann mit in die Wohnung genommen werden, um nach dem Tafelschmuck zu sehen. Nein, es ging nicht, daß sie sich von Frau Elzabel heimfahren ließ.

„Sie sind sehr liebenswürdig, aber – ein Bekannter ist gerade in Holzau, er hat seinen Wagen hier. Ich sollte um zwölf Uhr bei ihm sein, damit wir heimfahren. Er – will mich erwarten. – Ein anderes Mal – nehme ich Ihr freundliches Anerbieten rasend gern an.“

„Das tut mir unendlich leid. – Wann sehen wir uns wieder?“

„Ich werde es dem Meister sagen.“

„Ich würde mich aufrichtig freuen, einmal mit Ihnen eine Ausfahrt in meinem Wagen machen zu können. In der hiesigen Gegend soll eine schöne Ruine stehen, die Waggerburg. Ist sie Ihnen vielleicht bekannt?“

„O ja“, erwiderte Pucki. Wie sollte sie die Waggerburg jemals vergessen können, den Ausflugsort, an dem sie als junges Mädchen einmal im Übermut zuviel Obstwein getrunken hatte. Förster Steigum war von ihr geneckt worden; als wildes Tier verkleidet hatte sie sich in den Wald gelegt und törichte Streiche ausgeführt. Die Waggerburg vergaß sie nie!

„Wenn Sie vormittags nur wenig Zeit haben, hole ich Sie nachmittags einmal ab. – Liebe Frau Heckenröslein, ich möchte Sie nicht wieder aus den Augen verlieren. Lange bleibe ich ohnehin nicht mehr in Holzau. Wenn das Bild fertiggestellt ist, werde ich weiterreisen. Ich will im Februar nach dem Süden, denn ich kann den kalten Winter nicht vertragen. – Oh, ich möchte mit Ihnen einmal zum Karneval, möchte Ihnen Nizza und die Riviera zeigen – nach Paris reisen. Ließe sich das nicht einrichten?“

„Sie sind sehr freundlich, aber ich bin Mutter.“ Allen Stolz legte Pucki in dieses eine Wort.

„Wie reizend! Sie sind sehr stolz darauf, Heckenröslein?“

„Ja, sehr! Ich bin überhaupt in meiner Ehe sehr glücklich. Mein Mann trägt mich auf Händen, er liest mir jeden Wunsch an den Augen ab und überschüttet mich mit Geschenken.“

„Dann wird er seiner kleinen süßen Frau gewiß auch den Wunsch erfüllen, mit einer einsamen, alleinstehenden Frau eine Reise zu machen. Sie sind herzlichst geladen, Heckenröslein. Es ist furchtbar, immer allein durch die Welt zu fahren. – Doch darüber sprechen wir noch.“

„Ja, ja, denn jetzt muß ich fort.“

„Wo erwartet Sie Ihr Bekannter?“

Während der Fahrt durch die Straßen von Holzau hatte Pucki das Hotel Schwertfeger erspäht. So nannte sie jetzt diesen Namen. Wenige Augenblicke später hielt der Wagen vor dem Hause. Erleichtert stieg Pucki aus, nahm die Tüten in den Arm und bedankte sich nochmals bei Frau Selenko.

„Sie geben mir bald Bescheid? Ich werde jedesmal den Meister fragen“, lächelte Frau Elzabel. „Sie sind mir so sehr sympathisch, Heckenröslein, ich möchte zu gern mit einem so anmutigen Geschöpf wie Sie Freundschaft schließen. Ihr Gatte kann stolz auf

Sie sein! – Und nun wünsche ich, daß der heutige Tag recht angenehm verläuft.“

„Danke – danke!“

Pucki war gezwungen, das Hotel zu betreten. Sie ging ins Frühstückszimmer und ließ sich eine Tasse Fleischbrühe geben. Wieder neue Ausgaben! Jetzt brauchte sie noch das Geld für das teure Auto nach Rahnsburg. – Es war entsetzlich! Wenn Claus davon hörte? Er würde es erfahren, denn die Sonne brachte ja alles an den Tag.

Der Kellner blickte verstohlen auf die hübsche junge Frau, die still ihre Fleischbrühe trank. Als Pucki merkte, daß sie beobachtet wurde, trank sie schnell die Brühe aus, zahlte und verließ das Hotel.

„Zehn Mark der Wagen nach Rahnsburg?“ fragte sie den Autoverleiher. „Geht es nicht billiger?“

„Nein, zehn Mark ist die Taxe.“

„Gut, so fahren Sie mich nach Rahnsburg, aber rasch, ich habe Eile.“

„Wohin?“

„Bis auf den Marktplatz.“ Weiter durfte sie nicht fahren. Es konnte immerhin sein, daß Claus zu Hause war. Wenn er sie im Auto kommen sah, würde er fragen, wo sie gewesen wäre.

„Ach“, weinte sie leise im Wagen vor sich hin, „er erfährt es ja doch. Ich bin eine Lügnerin, eine Verschwenderin – eine schlechte Frau und Mutter. – Was nützt es mir, wenn man mich reizend und entzückend findet? – Mein Wirtschaftsgeld habe ich für unnötigen Kram ausgegeben!“

Dann weinte sie leise ins Taschentuch. Erst kurz vor Rahnsburg versiegten ihre Tränen.

Angstzustände

Mit welcher Freude hatte Pucki sonst dem Weihnachtsfest entgegengesehen. Diesmal quälte sie eine innere Unruhe. Es gab Stunden, in denen sie in aller Heimlichkeit bedauerte, den Malunterricht begonnen zu haben. Einmal nahm ihr der Unterricht Zeit, zum zweiten kostete er viel Geld. Wenn auch Claus ohne Murren das Honorar an Lars Alsen zahlte, so waren doch viele Nebenausgaben notwendig, die Pucki nicht zu gestehen wagte. Die Folge war, daß sie aus der Weihnachtskasse hin und wieder ein Fünfmarkstück nahm und sorgenvoll das Zusammenschrumpfen der Rücklagen betrachtete. Wenn sie erst ans Einkaufen ging, würde der Beutel recht schmal sein und Claus sich wundern, daß sie dieses Jahr ihre Geschenke spärlicher als sonst bemaß. Zum dritten aber machte ihr die Bekanntschaft mit Frau Elzabel Selenko Sorgen. Die schöne und elegante Frau würde bestimmt wieder ein Zusammensein mit ihr suchen; eines Tages mußte aller Schwindel herauskommen. Frau Elzabel brauchte nur ein einziges Mal nach Rahnsburg zu kommen und Pucki aufsuchen, um sofort mit ihrem geschulten Blick zu erkennen, daß man nicht in solchem Luxus lebte, wie Pucki es die schöne Frau hatte glauben machen wollen.

Wohlverwahrt lagen die Südfrüchte, die sie gekauft hatte. Nur von den Apfelsinen brachte sie einige herbei. Alles andere sollte für das Weihnachtsfest bleiben. Wozu die teuren Malagatrauben, die Datteln, die Feigen und Knackmandeln vorher essen? Sie waren leider gekauft, so wollte sie diese Dinge in die Weihnachtseinkäufe einschmuggeln.

Es war aber noch etwas anderes, was die junge Frau nicht mehr froh werden ließ. Während sie sonst recht gern mit Doktor Kolbe und dessen Frau plauderte, wich sie dem alten Ehepaar jetzt geflissentlich aus. Sie zitterte in dem Gedanken, daß Claus eines Tages mit Doktor Kolbe reden könne und von ihm erfuhr, daß sie vor wenigen Tagen mit dem Vormittagszuge nach Holzau gefahren sei.

Auch Agnes war zu fürchten, die während der Malstunden ins Haus kam, um sich mit Karlchen zu beschäftigen. Gestern mittag, als man beim Essen saß, wäre beinahe schon alles ans Sonnenlicht gekommen. Agnes sagte:

„Du kommst gar nicht mehr zu uns ins Forsthaus, Pucki. Mutter wundert sich schon darüber."

Pucki wurde es für Sekunden schwarz vor den Augen, denn gerade zwei Tage zuvor hatte sie dem Gatten gesagt, daß sie bei den Eltern gewesen sei. Nun diese Bemerkung der jüngsten Schwester!

„Ich finde, das Fleisch ist heute nicht recht weich. – Was habe ich nur gemacht! Ich kann mich furchtbar über das schlechte Fleisch ärgern. Findest du es nicht auch? Die Schuld liegt nicht an mir, Claus. Das Fleisch ist wirklich hart."

Claus blickte erstaunt auf seine junge Frau, die ihre Worte hastig und ängstlich hervorstieß. Doch Pucki wollte nur das verhängnisvolle Gespräch abwenden. Immer wieder sprach sie von dem harten Fleisch, bis Agnes meinte:

„Ich weiß nicht, was du willst, das Fleisch ist doch butterweich."

Wenn Agnes nochmals von den Eltern zu reden begann, wenn Claus die Unterhaltung aufgriff und sie fragte – – Was sollte sie sagen? Es war furchtbar! Was doch eine einzige Unwahrheit alles im Gefolge halte!

Aber auch die Rahnsburger konnten zum Verräter ihres Besuches in Holzau werden. Gestern, beim Einkaufen, sagte der Kaufmann, er habe sie aus dem Auto steigen sehen. Er hoffe nicht, daß sie krank sei oder ihre Besorgungen in einer anderen Stadt mache.

„Ich glaube, es war ein Holzauer Wagen, aus dem Sie stiegen."

Leicht hätte sich hier eine Ausrede finden lasten, aber Pucki kam über jede Bemerkung, die sich auf ihr Unrecht bezog, völlig aus ihrer Sicherheit. Wenn es klingelte, so fürchtete sie, Frau Elzabel könne draußen stehen und sie zum Ausflug nach der Waggerburg abholen.

Heute nachmittag würde sie wieder zum Unterricht nach Holzau fahren, zu Lars Alsen, zum Meister! Er würde ihr von Frau Elzabel erzählen. Vielleicht war die schöne Frau auch im Atelier, um mit ihr ein weiteres Zusammentreffen zu verabreden. Eine Einladung zum Essen im Hotel Hensel drohte ebenfalls. Der Meister würde sie gewiß daran erinnern, denn ein kostenloses Festesten ließ er sich ungern entgehen.

Leise stöhnte Pucki vor sich hin. Ob sie heute die Malstunde ausfallen ließ? – Ob sie den Meister bat, von nun an den Unterricht auf einen anderen Tag zu legen, um Frau Elzabel irrezuführen?

„Unsinn", sagte sie laut, „Frau Elzabel kommt oft ins Atelier, um sich malen zu lassen, sie erfährt die Änderung doch sogleich. Was beginne ich, wenn ich sie heute treffe? Ich kann doch nicht wieder ein teures Auto nehmen, das ich vom Wirtschaftsgeld bezahlen muß."

Pucki ging an den Schreibtisch, in dem Wirtschaftskasse und Weihnachtskasse standen. Sie ließ die vorhandenen Gelder durch die Finger gleiten und zählte; dabei kam wieder ein schwerer Seufzer über ihre Lippen.

„Es reicht nicht! – Was tue ich nur? – Soll ich Claus um Zulage bitten? – Bis jetzt habe ich mit dem Wirtschaftsgeld gut gereicht. Dieses Mal fehlen mir – wahrscheinlich dreißig Mark."

In der Weihnachtskasse lag ein langer Zettel, auf den sie geschrieben hatte, was zum Fest alles bedacht werden mußte. Pucki grübelte, was sie streichen könnte; leider fand sie nichts. Außerdem machte es ihr große Freude, recht viel schenken zu können.

Sie sah auf das Geld und verkrampfte die Hände. „Es verwickelt sich mehr und mehr! Es wird immer schlimmer! Ich bin wie eine Fliege im Netz der Spinne. Von allen Seiten lauern Gefahren, lauert die Entdeckung. – Was mache ich? Wie bringe ich mein Unrecht aus der Welt? – Ach, Claus, du sagst, ich solle Vertrauen zu dir haben. – Claus, lieber Claus, ich habe es nicht mehr, ich habe nur Angst. Was sagtest du an unserem dritten Hochzeitstage? Das fehlende Vertrauen ist der Anfang einer unglücklichen Ehe. Wenn durch meine Schuld unsere Ehe unglücklich würde – alles Glück wäre hin! – Ach, was beginne ich?"

Seufzend schloß Pucki den Schreibtisch wieder zu.

„Ich werde von heute an furchtbar sparen, werde in Holzau nach dem Unterricht in keine Konditorei mehr gehen, werde mir jeden Schluck warmen Kaffee versagen. Ich muß von meinem Gelde die dreißig Mark ersetzen. Ach, wie soll das nur enden?“

Ob sie vielleicht einige der Skizzen verkaufen konnte? Darüber wollte sie heute mit dem Meister reden, wollte ihn fragen, ob er ihr helfen könne. Für dreißig Mark wollte sie eines ihrer Bilder gerne hergeben. Claus durfte natürlich auch davon nichts wissen.

Puckis zur Faust geballte Hand fiel auf die Tischplatte. „Da geht es schon wieder los“, rief sie, „Claus darf nichts wissen! Immer neue Geheimnisse vor Claus, und das soll eine Ehe mit Vertrauen sein? – Ach, ich möchte mich vor alle Ehefrauen hinstellen und ihnen sagen: Beschwindelt niemals den Gatten, wer es erst einmal getan hat, ist gezwungen, hundert andere Lügen zu ersinnen. – Ach, wie bin ich unglücklich!“

Ruhelos schritt Pucki im Eßzimmer hin und her.

„Ich habe Angstzustände! Ich schrecke bei jedem Klingeln zusammen und bilde mir ein, jeder könne mich verraten. – Ja, ich habe Angst, ich habe Angst. – Ach, wie furchtbar sind diese Zustände!“

„Pucki!“

Sie fuhr zusammen, sie sah Claus in der Tür stehen und wurde abwechselnd rot und blaß.

„Pucki, was ist eigentlich mit dir los? Du gefällst mir in den letzten Tagen nicht mehr. – Was sind das für Angstzustände? Woher kommen sie?“

„Ich dachte, du bist über Land?“

„Nein, Pucki, ich habe meinen schlimmsten Patienten im eigenen Hause. Komm, setze dich ein wenig zu mir, Pucki, noch geht dein Zug nicht. – Was fehlt dir?“

Wäre es nicht richtig gewesen, ihm in dieser Stunde alles zu sagen, die Malstunde aufzugeben und lieber das Zusammensein mit dem Gatten zu benutzen, um sich von der seelischen Last zu befreien? Aber es mußte so viel gebeichtet werden. Aus der einen kleinen Lüge war bereits ein ganzes Dutzend geworden.

„Ach, Claus – du weißt ja – mitunter fühle ich mich nicht ganz wohl.“

„Puckilein“, sagte er innig, „so schone dich. Ich glaube, das Fahren nach Holzau bekommt dir nicht. Nun kommen auch noch die Weihnachtsvorbereitungen hinzu. – Pucki, mußt du wirklich Malstunden nehmen?“

Wie lieb er scherzen konnte. War es nicht ein himmelschreiendes Unrecht, diesen Mann zu belügen?

„Der Reichtum, den du von der Malerei erhoffst, wird wahrscheinlich nicht kommen. Da sind zuerst die Kinder da, die versorgt sein wollen. Aber – Pucki, eine kleine Vorfreude kann ich dir schon machen. Ich wollte sie dir eigentlich erst als Tatsache auf den Weihnachtstisch legen. Du siehst jedoch in den letzten Tagen so elend aus, du bist so voller Unruhe, da wird dir diese Nachricht willkommen sein.“

Sollte sie ihm doch endlich alles sagen? Er hielt sie so zärtlich im Arm, seine Stimme klang so gut. Vielleicht freute er sich darüber, wenn sie jetzt einwilligte, die Stunden in Zukunft aufzugeben.

„Du weißt, kleine Frau, daß im Sommer unser alter Onkel Max gestorben ist und daß es hieß, er habe seine beiden Neffen Claus und Eberhard im Testament bedacht."

„Ja, dann habe ich wochenlang gewartet, daß wir etwas erben würden. Als nichts kam, habe ich einen dicken Strich durch meine Hoffnungen gemacht."

„Ich sagte meiner ungeduldigen Frau, daß sie sich gedulden solle."

„Und nun?" fragte Pucki mit blitzenden Augen, „kriegen wir was von Onkel Max?"

„Sehr wahrscheinlich."

Die Arme, die Pucki um des Gatten Hals gelegt hatte, sanken herab. „Wahrscheinlich", wiederholte sie mit grenzenloser Verachtung, „das ist gerade was Rechtes. – Schon damals hieß es genau so!"

„Du ungeduldige, geldgierige Frau! – Nun ist es aber bald so weit, und zwar wird es eine hübsche Summe!"

„Wirklich und wahrhaftig, Claus?"

„Ich glaube, wir brauchen nicht erst auf den Verkauf deines ersten großen Gemäldes zu warten. Das Geld – ungefähr dreißigtausend Mark, dürfte uns noch bis Weihnachten ausgehändigt werden."

„Dreißigtausend Mark!" tönte Puckis Stimme durch den Raum, „dreißigtausend Mark! – Und da gräme ich mich wegen dreißig Mark?"

„Ja, Pucki, dreißigtausend für mich und ebensoviel für Bruder Eberhard."

„Claus – dreißigtausend Mark, dreißigtausend Mark! – Lieber Claus, bitte, gib mir einen Vorschuß von dreißig Mark, denn diesen Tag müssen wir feiern. Wir kaufen auch Karlchen einen blauen Sammetanzug mit weißem Kragen, und an Carmen schreibe ich, daß wir uns wahrscheinlich neu einrichten werden. – Eberhard bekommt genau so viel? Eberhard braucht das Geld eigentlich nicht, er hat eine gute Stellung als Schiffsbauingenieur. Oder doch, wir wollen es ihm lassen, und er heiratet dann Waltraut. Die hat er doch sehr gern. Waltraut hat es sehr schwer im Krankenhaus, und es ist doch für jedes Mädchen der schönste Beruf, zu heiraten und Frau und Mutter zu sein."

Mit verhaltenem Lachen betrachtete Claus seine jetzt sprühende Frau.

„Claus, wir könnten aber auch aus Rahnsburg fortziehen und uns in einer Großstadt eine nette Wohnung nehmen, wir hätten dann ein Abonnement im Opernhaus und hörten schöne Konzerte. – Weißt du, wir lieben doch beide die Musik. Karlchen hätte für später das Gymnasium am Ort. – Claus, dreißigtausend Mark ist sehr viel Geld! – Bitte, gib mir dreißig Mark Vorschuß."

„Wofür, kleine Pucki? Du weißt, ich muß bei dir ein wenig bremsen."

Ein tiefer Seufzer war zu hören. „Claus, in dieser Stunde hohen Glückes möchte ich dir ein Geständnis machen."

„Aha, daher die Angstzustände, kleine Frau!"

„Ja! – Du sagtest einst: habe Vertrauen! – Das ging mir wie ein Schwert durch die Brust. – Ja, ich habe Vertrauen zu dir, und – schließlich ist es doch nicht schlimm, wenn ich für meinen Mann, der dreißigtausend Mark Vermögen hat, einmal Feigen und Datteln kaufe – –"

Da wurde die Tür stürmisch geöffnet, Agnes stürmte ins Zimmer. „Bist du immer noch hier, Pucki? Du wirst den Zug verpassen, du mußt doch zur Pinselei!"

„Ach was, Pinselei hin, Pinselei her! Wir haben jetzt viel Geld. – Claus, würdest du nicht mal an Eberhard schreiben, ob er uns sein Geld auf Hypothek gibt? Wir könnten dann auch eine eigene Villa haben wie Carmen. – Vielleicht in Wiesbaden?"

„Dein Zug fährt ab, Pucki!"

„Laß ihn fahren, wir haben jetzt Wichtigeres zu besprechen!"

„Bist du endlich zur Vernunft gekommen?" fragte Agnes. „Wenn du nicht nach Holzau fährst, komme endlich mal zur Mutter. Es ist doch keine Art, sich so wenig zu zeigen. Seit vierzehn Tagen bist du nicht im Forsthaus gewesen!"

„Wir bekommen dreißigtausend Mark, Agnes!"

„Na, na, Agnes", lenkte Claus ein, „am letzten Dienstag war Pucki doch bei euch."

„Nein!"

„Wir bekommen dreißigtausend Mark", rief Pucki noch lauter. „Was hast du für einen großen Weihnachtswunsch, Agnes? Bis hundert Mark kannst du dir wünschen. – Nicht wahr, Claus, so viel geben wir für sie aus? Sie ist doch jetzt unser Kinderfräulein – –"

„Gelacht – aber am Dienstag warst du nicht bei uns!"

Puckis Lippen begannen schon wieder zu zittern. Dieser Zustand stellte sich stets ein, wenn sie auf einer Unwahrheit ertappt wurde. Schon als Kind war es so gewesen.

„Claus, du reicher Ehemann“, wandte sich Pucki an den Gatten, „wie wäre es, wenn du heute deine Frau nach Holzau begleiten würdest, wenn wir dort unsere ersten Weihnachtseinkäufe machten?“

„Nein, mein Kind, ich kann nicht fort. Um drei Uhr hat sich eine Dame zur Untersuchung angemeldet. Sie will nicht in die Sprechstunde kommen. Ich sagte zu, und so muß ich hierbleiben.“

„Ach – sie kann später kommen! Kannst du sie nicht fortschicken oder für morgen bestellen?“

„Nein, Pucki, die Dame kommt aus Holzau oder gar noch von weiter her, von einem Gut bei Holzau.“

„Ach – –“

„Später wird es sich einmal einrichten lassen, daß wir gemeinsam fahren, um Einkäufe zu machen. Heute kann ich unmöglich dieser anscheinend verwöhnten Frau absagen.“

„Eine – verwöhnte Frau? – Aus Holzau – oder von einem Gut? – Claus, wer ist das?“

Er sah, daß Pucki erblaßte und führte sie zum Diwan. Dort legte er sie sorgsam nieder. „Kind, du machst mir wirklich Sorgen. – Was ist denn geschehen?“

„Die dreißigtausend Mark sind ihr in den Kopf gestiegen“, ließ sich Agnes vernehmen.

Claus ließ einen kurzen Pfiff hören und machte mit der Hand eine Bewegung zur Tür, worauf Agnes rasch verschwand. Sie wußte, daß mit Claus nicht zu spaßen war, der war mitunter sehr kurz und energisch.

Pucki starrte zur Zimmerdecke hinauf. Es war ja Unsinn, daß sie in dieser Patientin Frau Elzabel Selenko vermutete. Es gab genügend reiche Frauen, die einen Arzt aufsuchten. Außerdem war Claus als gewissenhafter Arzt bekannt.

„Wie heißt die Frau?“

„Sage mir lieber, mein Kind, wie du dich fühlst. – Komm herüber, ich werde dich einmal genau untersuchen.“

„Nein, ach nein! – Um drei Uhr kommt die verwöhnte Frau? – Sie verlangt eine gründliche Untersuchung, Claus?“

„Aber Pucki, was kümmert dich eine Patientin?“

„Ist sie sehr schön?“

„Ja, eine selten schöne Frau.“

„Aha, sie war also schon einmal hier?“

„Ja – gestern, im eigenen Wagen. Nur für einen Augenblick. Wir setzten den heutigen Tag für die Untersuchung fest.“

„Es macht – es macht –“, Puckis Stimme schwankte merklich, „dir wohl viel Freude, eine schöne Frau zu behandeln?“

„Pucki, ich werde ernstlich böse, wenn du so dummes Zeug redest!“

„Wenn sie doch so schön ist. – Claus, wie heißt sie?“

„Das geht meine kleine, neugierige Frau nichts an. – Ich will lieber sehen, was dir fehlt.“

„Nur Angstzustände – weiter nichts."

„Die will ich schon wieder fortbringen."

„Wenn wir die dreißigtausend Mark haben, dann wird alles wieder gut."

Claus legte seiner Frau die Hände auf die Schultern und blickte sie lange an. „Sage mal, Pucki, kennst du die Dame? – Hast du sie vielleicht von Holzau aus geschickt? Ist sie dir gut bekannt, hast du vielleicht das Lob deines Mannes zu laut gesungen? Sei aufrichtig, Pucki, kennst du die Frau?"

„Ich weiß doch nicht, wie sie heißt, Claus. Du hast es mir nicht gesagt."

„Nun, ihren Namen will ich dir gern nennen: Elzabel –"

„Ich habe es gewußt", stieß Pucki heraus.

„Du kennst sie also?"

„Claus – wenn wir das viele Geld haben werden, ziehen wir fort von hier."

„Was – soll das heißen?"

„Ach, Claus, wenn man dreiundzwanzig Jahre alt ist, hat man noch wenig Lebenserfahrungen, das siehst du doch ein. Ein Mensch mit dreiundzwanzig Jahren kann doch mal eine Dummheit machen."

„Ja – doch dann soll er sie bekennen."

Ganz plötzlich begann Pucki heftig zu weinen. „Claus, ich bin ganz auseinander! Bitte, sage zu Frau Elzabel kein Wort von mir, ich flehe dich an!"

„Was ist mit Frau Elzabel, mein liebes Kind?"

„Ich lernte sie im Atelier des Meisters kennen. Sie ist so schön, so elegant. – Ich wollte auch gerne elegant sein."

„Da konnte meine kleine Frau nicht widerstehen und kaufte sich in Holzau ein neues Kleid und einen neuen Hut – –?"

„Nein, Claus, so weit ist es noch nicht! Das tue ich erst von den dreißigtausend Mark, aber – –"

Der Fernsprecher läutete. Claus trat an den Apparat, sprach einige Worte hinein und kehrte zu Pucki zurück. „Ich muß rasch einen Krankenbesuch am Markt machen. Um drei Uhr bin ich spätestens wieder hier. Vielleicht können wir vorher noch weiter über deine Angstzustände reden."

Aber Claus kam nicht so rasch zurück. Schon eine Viertelstunde vor drei Uhr stand Pucki hinter der Gardine am Fenster und sandte ein Stoßgebet nach dem anderen zum Himmel.

„Lieber Gott, laß sie nicht kommen! Ich wünsche ihr ja nur eine kleine Panne, nur laß sie nicht kommen."

Kurz vor drei Uhr kam Claus zurück. Er begab sich sogleich in sein Arbeitszimmer. Wahrscheinlich hatte er Notizen zu machen. Pucki stand noch immer hinter der Gardine. Es war zehn Minuten nach drei Uhr, der Wagen mit Frau Elzabel zeigte sich nicht. In Puckis Herz regte sich neues Hoffen.

„Sie kommt nicht! Es wäre auch zu schrecklich gewesen."

Da kam ein Wagen in rascher Fahrt um die Straßenecke und hielt vor dem Hause an. Pucki zuckte schmerzlich zusammen, als sie die in den kostbaren Pelz gehüllte schöne Frau aussteigen sah. Heute steuerte sie ihren Wagen nicht selbst. Vorne saß ein Mann in hellgrauer Uniform mit Silberknöpfen.

„Überall höchste Eleganz! Und hier – hier – –? Wenn wir nur erst die dreißigtausend Mark hätten!"

Jetzt wurde Frau Elzabel von Claus begrüßt, jetzt lächelte sie ihn an, genau so, wie sie den Meister anlächelte. Dann folgte die Untersuchung. Wahrscheinlich klagte sie über hundert Dinge, nur um recht lange mit ihm zu reden. – Sie langweilte sich, wollte nur Unterhaltung. Dazu wählte sie einen Mann, der in glücklichster Ehe verheiratet war.

„Was weiß sie von einer glücklichen Ehe?" zürnte Pucki. „Sie fährt allein in der Welt umher und läßt ihren Mann daheim. Ach, wäre sie doch erst wieder fort! – Diese Schlange – sie glaubt, ich wäre heute in Holzau! Da kommt sie her! – Das ist eine Gemeinheit! – Ach, ich habe ja solche Angstzustände!"

Aus dem Brüten schreckte Pucki ein klirrendes Geräusch. Hastig eilte sie ins Nebenzimmer. Karlchen war von Agnes, als er ausgeschlafen hatte, ins Wohnzimmer getragen worden. Das Kind benutzte ein kurzes Alleinsein, um am Zipfel der Tischdecke zu ziehen. Es machte ihm Freude zu sehen, wie das große Tuch hinter ihm herkam. Dann ein kurzer Schrei! Die große Kristallvase, ein Hochzeitsgeschenk, die mit Blumen auf dem Tisch stand, fiel zur Erde, zerbrach und ergoß den feuchten Inhalt über den Teppich.

Pucki eilte herbei und rief nach Agnes. Die stand in der Küche bei Emilie und plauderte. Karlchen bekam einige tüchtige Schläge auf die Hände, dann sammelte Pucki schnell die Scherben, trug sie hinaus und zankte draußen mit Agnes. Im Zimmer aber bestaunte Karlchen inzwischen den kleinen Fluß, der immer weiter über die Diele kroch, zum Ofen hin. Da im Ofenvorsetzer noch kleine Kohlenstückchen lagen, hielt es der Knabe für richtig, auf dem Fluß ein paar Schiffe schwimmen zu lasten. Die feuchten Schmutzfinger wurden dann am Kittelchen abgewischt, so daß sich Pucki, als sie zurück ins Zimmer kam, wieder einmal ein schauerliches Bild bot. Doch Karlchen jauchzte erfreut auf.

„An allem ist Frau Elzabel schuld“, weinte die junge Mutter, denn Karlchen hatte den Kittel zum ersten Male an. „Scherben bringen Glück – vielleicht aber bedeuten diese Scherben, daß mein Glück in Scherben geht! – Ach, ich habe solche Angst – sie ist gar zu schön!“

Karlchen mußte umgezogen und gewaschen werden. Emilie säuberte das Zimmer, doch Puckis Gedanken weilten beständig bei Claus und Frau Elzabel.

„Wie lange dauert denn diese Untersuchung!“

Erst nach vier Uhr klappte die Tür. Pucki eilte ans Fenster, sah Frau Elzabel in den Wagen steigen und abfahren. Claus kam nicht zu ihr, denn im Wartezimmer harrten bereits drei neue Patienten darauf, von ihm untersucht zu werden. Die Sprechstunde hatte begonnen.

Eine schwere Enttäuschung

Pucki war an einem der nächsten Nachmittage nach dem Forsthause Birkenhain gegangen und hatte Karlchen mitgenommen. Schon lange wollte sie diesen Besuch machen, doch stets war etwas dazwischengekommen. Da sie ohnehin an zwei Tagen in der Woche mit Malstunden besetzt war, blieb nur wenig Zeit für Besuche übrig. Heute aber hatte sie sich dazu entschlossen, nicht nur aus Verlangen, mit der Mutter wieder einmal zu plaudern, sondern Pucki wollte einen Anleiheversuch unternehmen; ihre Wirtschaftskasse war leer.

Merkwürdig, daß in letzter Zeit nichts mehr klappte. Sie war bereit gewesen, Claus ein Geständnis wegen ihrer kleinen unüberlegten Verfehlungen abzulegen. Dreimal war es ihr mißglückt. Jedesmal kam etwas dazwischen, meist wurde Claus abgerufen. Das sah Pucki als ein Zeichen dafür an, daß es besser sei, zu schweigen. Aber auch über den Besuch Frau Elzabels bei Claus hatte sie nichts in Erfahrung bringen können. Auf Befragen erklärte er ihr, daß er über berufliche Dinge schweige, sie solle nicht so neugierig sein.

Mit der Erbschaft ging es auch nicht voran. Pucki hatte geglaubt, daß der Nachricht über die Erbschaft sogleich das bare Geld folgen und daß sie es bis Weihnachten längst haben würden. Dem war aber nicht so! Claus erzählte allerlei davon, daß eine so große Summe teilweise festgelegt wäre. Freilich könne er das Geld bekommen, doch erfordere es Zeit und Schreiberei. Nicht einmal die erbetenen dreißig Mark hatte er ihr gegeben, sondern lachend gemeint, in der Weihnachtskasse läge genug Geld, Pucki brauche keine großen Einkäufe zu machen. Sie verstünde es ja, die vorhandenen Gelder einzuteilen. Er werde die dreißig Mark lieber behalten.

Wenn Pucki an diese Weihnachtskasse dachte, wurde ihr schwarz vor Augen. Sie hatte dort eine Anleihe gemacht und damit die Wirtschaftskasse aufgefüllt. Auch ein Paar neue Handschuhe waren gekauft worden, da immerhin die Möglichkeit bestand, daß sie beim Meister erneut mit Frau Elzabel zusammentraf. Dann konnte sie unmöglich ihre alten Trikothandschuhe tragen. Es mußten Handschuhe aus Wildleder sein. Bis Weihnachten konnte sie nicht warten. Da Frau Elzabel bei jedem Besuch frische Blumen für das Atelier mitbrachte, tat Pucki in letzter Zeit ein Gleiches. Die Blumen, die sie wählte, waren teuer; sie wollte doch hinter der schönen Frau Selenko nicht zurückstehen. Sie hatte gehofft, daß sie kurz vor Weihnachten eines ihrer Bilder verkaufen könne und daß Lars Alsen ihr dabei helfen würde. Er erklärte jedoch, daß ihre Leistungen vorläufig noch zu gering seien, als daß sie ihre Bilder zum Verkauf anbieten könne. So mußte Pucki alle Hoffnungen auf Geld begraben. Es blieb ihr nur noch ein Bittgang zur Mutter übrig, damit die ihr über die nächste Zeit hinweghülfe. Wenn erst das ererbte Geld kam, würde ganz heimlich das Loch in der Kasse wieder zugestopft und der Mutter die Schuld zurückgezahlt werden.

Pucki war heute eine recht liebevolle Tochter. Sie ging auf die Gespräche der Mutter bereitwillig ein, wurde aber doch ein wenig unruhig, als Frau Sandler auf den Malunterricht zu sprechen kam.

„Ehe wir weiter darüber reden, Mutti, möchte ich eine Bitte an dich richten. Es ist im Sinne des Meisters, mir ein Atelier einzurichten. Ich würde mehr leisten, mehr schaffen und schneller vorwärts kommen, wenn ich ungestört arbeiten könnte. Das will ich tun. Hier im Forsthaus ist viel Platz. In einer Viertelstunde kann ich hier sein. Ich kann zu jeder Zeit kommen und brauche mich nicht erst anzumelden. Ihr habt keinerlei Kosten dadurch, im Gegenteil, ihr habt später den Ruhm, eine bekannte Malerin eure Tochter zu nennen. – Mutti, überlaste mir eines der hellen Zimmer als Atelier."

„Ist das wirklich dein Ernst, mein Kind?"

„Mein heiligster Ernst!"

„Was sagt denn Claus dazu?“

„Mutti, man muß in Dingen, die nur mich allein angehen, den starkbeschäftigten Ehemann nicht immer um Rat fragen. Claus ist gleich mir der Ansicht, daß jeder in seinem Arbeitsgebiet selbständig denken und handeln soll. Er läßt mir freie Hand.“

„Es gab einmal ein junges Mädchen, das als Braut den festen Vorsatz faßte, eine gute Gattin zu werden, dem Manne Kameradin zu sein und ihm das Leben nach Möglichkeit zu verschönen. Selbstlosigkeit gelobte die junge Braut. – Als dann geheiratet war, als die junge Frau ein Kindchen erwartete, pries sie sich glücklich. Sie wollte das Kind zu einem braven Menschen erziehen und pochte auf ihr Wissen, das sie sich als Kindergärtnerin erworben hatte.“

„Mutti, ich weiß schon, was du meinst! Ich bin keine schlechte Hausfrau, ich bin auch keine schlechte Mutter. Jede Frau hat aber das Recht, hin und wieder einmal das Haus zu verlassen und das eigene Ich zur Geltung zu bringen. Claus würde seine Frau nicht immer lieben, wenn sie gar so hausbacken wäre oder fortwährend von Kindern erzählte.“

„Pucki, im Frühling wird Karlchen ein Brüderchen oder ein Schwesterchen haben. Dein Pflichtenkreis wird größer, deine Arbeiten vermehren sich –“

„Bis dahin haben wir die dreißigtausend Mark bekommen. Der Haushalt wird umgestellt. Vielleicht ziehen wir aus Rahnsburg fort.“

„So? – Davon habe ich noch nichts gehört.“

„Du weißt doch, wie gern Claus Chirurg werden wollte. Auf die Dauer kann ihn die Tätigkeit als praktischer Arzt nicht befriedigen. Es sind Festtage für ihn, wenn er nach dem Kreiskrankenhaus gerufen wird, um bei einer Operation zu helfen. Zu jedem Chirurgenkongreß fährt er, damit sein Wissen nicht einrostet. Claus wird Chirurg werden, er sucht eine Anstellung in einer großen Stadt."

„Pucki, du betrübst mich sehr mit deinen Worten."

„Mutti, vorläufig ziehen wir noch nicht fort, denn das Geld haben wir noch nicht. Da es aber einmal kommen wird, weißt du – es ist doch eine große Freude, wenn uns plötzlich dreißigtausend Mark vom Himmel fallen. – Da uns diese Freude bevorsteht, möchte ich – – nun, so will man sich auch – – Mutti, ich brauche etwas Geld im voraus. Ich gebe es dir mit Zinsen zurück. – Bitte, gib mir fünfzig – nein, sechzig Mark."

„Warum wendest du dich nicht an Claus, mein Kind?"

„Überraschungen behält man gern für sich allein."

„Du willst deinem Manne zu Weihnachten etwas Besonderes schenken?"

Pucki legte ihre Wange an die der Mutter. „Muttichen, bitte, laß mir mein Geheimnis. – Ich möchte dich nicht beschwindeln. Ich habe wirklich in letzter Zeit genug schwindeln müssen, das hängt mir schon zum Halse heraus! – Bitte, gib mir die siebzig Mark."

„Das wird ja immer mehr!"

„Ach, Mutti", klang es leichtsinnig zurück, „was sind denn lumpige siebzig Mark, wo mir dreißigtausend in den Schoß fallen!"

„Ich will dir das Geld gerne geben, Pucki, wenn du es brauchst, um Freude damit zu machen. Da du aber ein wenig leichtsinnig bist, mein Kind, mußt du dafür sorgen, daß du den Betrag wieder an mich zurückzahlst. Ich habe mich stets bemüht, euch Sparsamkeit beizubringen."

„Kleinigkeit, liebe Mutti, du bekommst hundert Mark zurück. – Es kommt uns nicht darauf an. – Ach, ich bin ja so froh, daß nun alles wieder in Ordnung ist!"

„Und ich bitte dich herzlich, mein liebes Kind, einmal recht gründlich zu überlegen, ob es nicht die schönste Weihnachtsfreude für deinen guten Mann wäre, wenn du die Malstunden einstelltest."

„Mutti, hat sich Claus beklagt?"

„Nicht beklagt, mein Kind. Er hofft nur, gleich mir, daß du bald wieder zur Vernunft kommst und dich auf deine ureigenste Bestimmung besinnst."

„Na, wenn ich ihm zu Weihnachten mein erstes Bild schenke, wird er anderer Meinung werden. Ich habe allerdings noch viel daran zu arbeiten und muß jede freie Stunde ausnutzen, um das Bild fertigzustellen."

„Hoffentlich leidet Karlchen nicht darunter."

„Mutti, wo denkst du hin, Karlchen geht daheim nichts ab. Dazu bin ich eine viel zu gute Mutter und werde mein Familienglück nicht aufs Spiel setzen!"

Beim Scheiden aus dem Forsthause trug Pucki zwar die siebzig Mark in der Tasche, aber die Erlaubnis zur Einrichtung eines Ateliers im Forsthaus war ihr nicht gegeben worden. Frau Sandler hielt es nicht für richtig, daß Pucki mehrmals in der Woche zu ihr kam, nur um einer Laune zu genügen. So beschloß Pucki, auch weiterhin im Wohnzimmer zu malen und dafür jene Stunden zu wählen, in denen Claus seine Sprechstunden abhielt. Sie würde die Zimmertür abschließen, damit sie von ihm nicht überrascht würde. Sie duldete auch keine anderen Störungen. Karlchen mußte entweder von Emilie betreut werden, oder er bekam eine Menge neues Spielzeug in seine Boxe, damit er ruhig war. Trotzdem wollte sie in der kommenden Stunde einmal ein ernstes Wort mit dem Meister reden, ob er ihr wirklich die Zusicherung geben könne, daß sie es in der Malerei zu einer achtbaren Leistung bringen könne. Insgeheim träumte sie sich noch immer in die Rolle einer großen Künstlerin hinein. Lars Alsen mußte jetzt nach so vielen Stunden ihre Fähigkeiten beurteilen können.

Bis vor kurzem hatte Pucki den Wunsch gehabt, Frau Elzabel nicht wiederzusehen. Seit ihr aber die Gewißheit war, daß Claus dreißigtausend Mark geerbt hatte, brannte sie förmlich darauf, die elegante Frau wiederzusehen, um ihr von dem vielen Geld zu erzählen. Sie wollte gerne ein wenig mit ihren Plänen prahlen, die sie hatte, von dem Umzug nach der Großstadt, und davon, daß sie in Zukunft große Reisen machen würde, genau so wie Frau Selenko. Aber vormittags kam Pucki nicht nach Holzau. Ja, wenn sie sich zur Heimfahrt ein Auto nehmen könnte, wäre es gegangen. Doch das war zu teuer. Das Geld zerrann ohnehin unter ihren Fingern, da ihre Ansprüche von Woche zu Woche stiegen.

Der Meister erfuhr von der Erbschaft ziemlich bald. „Ich weiß nicht, wie lange ich hier noch Malstunden nehmen werde“, sagte Pucki in einer der nächsten Stunden, „bis Ostern werden wir natürlich noch hierbleiben. – Hat sich Frau Selenko wieder sehen lassen?“

„Ich habe das Bild von ihr fertiggestellt, trotzdem besucht sie mich noch hin und wieder."

„Aus unserem Festessen ist leider nichts geworden, Meister. Vielleicht lade ich Sie dafür demnächst einmal ein. Ich warte nur darauf, daß mein Mann einmal Zeit hat."

Der weißhaarige Künstler legte Pucki väterlich die Hand auf die Schulter. „Darf ich einmal wie ein guter Freund zu Ihnen reden, Frau Doktor Gregor?"

„Bitte, Meister."

„Werden Sie dem alten Manne, der es gut mit Ihnen meint, nicht böse sein?"

„Niemals!"

„Wenn ich es nicht gut mit Ihnen meinen würde, kleine Frau, dann, würde ich jetzt gar nichts sagen, aber – Sie sind wirklich wie ein Heckenröslein. Sie können die Menschen durch Ihre Natürlichkeit entzücken. Mit Ihren dreiundzwanzig Jahren –"

„Ach, Meister, ich weiß schon, was Sie sagen wollen! Frau Selenko hat wohl über mich gelächelt, ich bin ihr wahrscheinlich nicht elegant genug. Doch das wird anders, wenn wir erst das viele Geld bekommen haben. Einige Wochen wird es natürlich noch dauern."

„Mir können Sie von dem Gelde meinetwegen in jeder Unterrichtsstunde erzählen, liebe kleine Frau, aber Frau Selenko gegenüber ist es besser, wenn Sie schweigen. Es ist wahrhaftig keine Schande, wenn ein Mensch mit dem Reichtum anderer nicht Schritt halten kann. Sie haben Ihre behagliche Häuslichkeit,

Sie brauchen den Luxus gar nicht, um sich zu betäuben. Geld macht nicht glücklich! Sie schämten sich damals, als Sie Frau Elzabel kennenlernten, daß Sie nicht auch so reich seien wie sie. Da haben Sie ein wenig aufgeschnitten und geschwindelt."

„Ich? Meister, wie kommen Sie darauf?"

„Frau Selenko weiß genau, in welchen Verhältnissen Sie leben. Wenn Sie ihr nun wieder das Märchen von einer Erbschaft erzählen –"

„Ein Märchen?" flammte Pucki auf.

„Wird Frau Elzabel Sie wieder ein wenig an der Nase herumführen", fuhr der Maler unbeirrt fort, „und Ihnen abermals einen Schabernack spielen. Ich will nichts Schlechtes über Frau Selenko sagen, aber sie ist nun einmal ein Kind der Großstadt. Sie langweilt sich, sie will ihren Spaß haben – und dazu sind Sie mir zu schade, liebe kleine Frau Doktor Gregor. Frau Elzabel mag sich ein anderes Opfer aussuchen."

Aus Puckis Wangen wich langsam die Farbe. Sie wurde von Frau Selenko verspottet, verlacht, gehänselt? Freilich, die schöne Frau hatte Claus aufgesucht und das Doktorhaus gesehen. Sie wußte längst, daß Pucki in einem bescheidenen Wohlstand lebte.

„Wir haben dreißigtausend Mark geerbt, das ist kein Märchen", rief Pucki erregt.

„Lassen Sie es gut sein, Frau Doktor Gregor."

Pucki begann zu weinen. „Es ist wirklich und wahrhaftig wahr! In Bremen hat Onkel Max gelebt; mein Mann bekommt die Summe von dreißigtausend Mark, und Eberhard, sein Bruder, der Schiffsingenieur ist, erhält die gleiche Summe. Wenn Sie es mir nicht glauben wollen, bringe ich Ihnen von meinem Manne die Bestätigung.“

Lars Alsen wandte sich ab, er wollte der kleinen heftigen Frau nicht ins Gesicht lachen. „Wenn's so ist“, sagte er nach längerem Schweigen, „dann freue ich mich aufrichtig! Ich würde trotzdem nicht zu Frau Selenko davon reden.“

Pucki stampfte mit dem Fuß auf den Boden. „Nun erzähle ich es gerade! Ich lasse mich von ihr nicht verhöhnen. – Meister, wann kommt sie wieder hierher?“

„Liebe Frau Doktor Gregor – –“

„Wann kommt sie wieder her? Jetzt werde ich mit ihr ins Hotel Hensel gehen, jetzt werde ich sie einladen, und Sie kommen mit, Meister!“

„Ich glaube, Sie haben mich mißverstanden, Frau Doktor. – Frau Selenko hat es nicht so gemeint, wie Sie es auffassen! Sie spöttelte nur ein wenig, aber –“

„Ich lasse mich nicht verhöhnen! Mein Mann verdient viel Geld. Wir haben ein Auto – und jetzt erben wir noch! Es ist noch gar nicht heraus, ob wir nicht eine eigene Villa bekommen. Außerdem führen wir ein glückliches Familienleben, das Frau Selenko entbehren muß. Familienglück ist Millionen wert! Wenn sie sich einbildet, daß sie reicher ist als ich – –“

„Ereifern Sie sich nicht so, Frau Doktor Gregor!“

„Weil sie einen Pelzmantel hat, der furchtbar teuer ist, weil sie sich von Ihnen in großer Aufmachung malen läßt, bildet sie sich etwas ein. – Das könnte ich auch, wenn ich wollte! Ich könnte mir auch solch ein schönes Spitzenkleid kaufen, aber ich will nicht, ich bin keine Großstadtpflanze, ich lege mehr Wert auf inneres Glück. – Ja, inneres Glück ist das Wichtigste, und das will ich ihr sagen!“

„Wollen wir nicht endlich mit der Malstunde beginnen?“

„In dieser seelischen Verfassung? Nein, Meister, ich bin viel zu erregt. – Frau Selenko können Sie sagen, daß ich sie erwarte.“

Lars Alsen war hinter seine Staffelei getreten und verhielt sich ruhig. Die kleine erregte Frau tat ihm leid. Das war Unverdorbenheit und Temperament, wie er es liebte. Aber Zügel brauchte die junge Frau, sonst ging der Verstand mit ihr durch.

Diese beiden Frauen paßten nicht zueinander. Frau Doktor Gregor brachte es fertig, der anderen allen Unmut ins Gesicht zu schleudern. Es war daher besser, wenn er ein neues Zusammentreffen verhinderte. Da klang schon wieder die erregte Stimme der jungen Frau.

„Also wann, Meister, wollen wir zu Hensel zum Essen gehen? Bestimmen Sie den Tag!“

„Vielleicht einmal abends“, sagte Lars Alsen ausweichend. „Frau Selenko wird Sie in ihrem Wagen abholen. Ihren prächtigen Mann bringen Sie aber mit.“

„An meinem Mann wird ihr mehr liegen als an mir. – Nein, ich komme ohne meinen Mann! Ich bin ohnehin schon erregt darüber, daß sie ihn aufsuchte. Es gibt in Holzau Ärzte genug. – Das war nur eine Niedertracht von ihr, und auch das will ich ihr sagen!“

„Ich gebe Ihnen Nachricht, Frau Doktor. Sobald Frau Selenko einmal bei mir ist, spreche ich mit ihr darüber. Sie müssen allerdings berücksichtigen, daß ich abends wenig Zeit habe und daß es ein Weilchen dauern wird, bis ich mich freimachen kann."

„Es muß bald sein!"

„Ich werde mein Möglichstes tun. – Und nun wollen wir an die Arbeit gehen."

„Meister, da wir heute ohnehin schon diese peinliche Unterredung hatten, möchte ich noch eine Frage an Sie richten. Ich habe den festen Willen, eine anerkannte Malerin zu werden. – Glauben Sie, daß ich es zu etwas bringen werde?"

„Hm – –."

„Meister, Sie sprachen soeben ganz offen mit mir. Der berühmte Kunstmaler Rogaten – Sie kennen ihn doch?"

„Wer sollte diesen Namen nicht kennen?"

„Dieser berühmte Maler sagte: ›Sie haben Talent.‹ Daraufhin habe ich Malstunden bei Ihnen genommen, denn ich will meinem Manne helfen, will auch mitverdienen. Das ist zwar jetzt nicht mehr nötig, da wir ja geerbt haben, aber ich möchte ihn doch erfreuen – überraschen –"

„Es wird Ihren Gatten gewiß freuen, wenn Sie ihm ein Bildchen malen. Sie versuchten ja schon, Ihren Knaben auf die Leinwand zu bringen. Das ist eine nette Erinnerung. Aber gerade Sie, liebe Frau Doktor, werden gewiß nicht die Absicht haben, Ihre ganze Kraft in Zukunft der Kunst zu widmen. Sie brauchen nicht nach Ruhm zu streben, Sie haben ja bereits ein großes Glück – das nicht mit Millionen zu bezahlen ist." Ein Schmunzeln lag um den Mund des Künstlers. „Machen Sie sich keine Illusionen! Wenn Ihnen die

Malstunden Freude bereiten, dann kommen Sie so lange zu mir, bis Sie von anderen Pflichten fortgerufen werden."

„Ich möchte über mein Talent etwas wissen."

Lars Alsen zuckte leicht mit den Schultern. „Sie sind erst seit wenigen Wochen meine Schülerin, Frau Doktor, also eine große Anfängerin. Wie kann ich heute schon wissen, wie Sie sich entwickeln werden!"

„Man sagt doch, das Talent macht sich schon im Anfängerstadium bemerkbar. Seien Sie ehrlich, Meister!"

„Wenn ich ehrlich sein soll – – Nein, kleine liebe Frau, ich möchte keine falschen Erwartungen in Ihnen erwecken!"

Pucki ließ die Hand, die den Pinsel hielt, sinken. Trostlos schaute sie vor sich nieder. Lars Alsen klopfte ihr begütigend auf die Schulter. „Ist das so schlimm, Frau Doktor? Sie brauchen nicht mitzuverdienen. Sehen wir zu, daß wir Ihr Bild bis zum Weihnachtsfest beenden. Dann schenken Sie es Ihrem Gatten und – alles andere findet sich!"

Pucki war recht kleinlaut geworden. „Meister, trotzdem werde ich die Malstunden fortsetzen, denn – ich kann nicht aufhören, ich darf es auch nicht. Man würde mich auslachen, genau so, wie mich Frau Elzabel ausgelacht hat, und – das ertrüge ich nicht. Ich werde versuchen, durch eisernen Fleiß zu erzwingen, was mir sonst versagt ist."

Der erhobene Finger

Pucki schlug die Augen auf, es war mitten in der Nacht. Ein Traum hatte sie aus süßem Schlummer gerissen. Da Pucki stets über ihre Träume nachzudenken pflegte, weil sie sich einbildete, daß Träume etwas zu bedeuten haben, begann sie zu überlegen. Ein Gespenst hatte sie im Traum gesehen. Es war auf sie zugekommen, in einem langen, weißwallenden Gewande. Es war vor sie hingetreten, hatte langsam den rechten Arm erhoben und aus der geballten Hand einen riesig langen Zeigefinger drohend erhoben. Immer wieder bewegte sich der Zeigefinger dieses Gespenstes warnend hin und her. Dann war die Erscheinung langsam durch die Tür ins Nebenzimmer gegangen und verschwunden.

Wollte dieses Gespenst sie warnen? – Wovor? Was würde geschehen? Oder – Pucki zog rasch die Decke über den Mund, um den schweren Seufzer zu ersticken, der ihr über die Lippen kommen wollte. Noch zehn Tage waren es bis Weihnachten, und kein Geld war mehr in der Weihnachtskasse. Wie viele Einkäufe waren noch zu machen! Ob Schwager Eberhard vielleicht heute eine Antwort auf ihren Brief gab? Sie hatte ihm kürzlich in ihrer harmlosen unbekümmerten Art mitgeteilt, daß sie, in der Freude auf die Erbschaft, unvorsichtige Ausgaben gemacht hätte. Eberhard hätte noch für keine Familie zu sorgen, folglich bedeuteten die dreißigtausend Mark, die auch er erhielte, dreimal so viel für ihn als für Claus, der doch drei Personen damit zu versorgen hätte. Schließlich hatte sie dem Schwager nahegelegt, ihr schon vor dem Weihnachtsfest etwas bares Geld zur Verfügung zu stellen. Nun wartete sie seit zwei Tagen auf seine Antwort, um dann die letzten Einkäufe vornehmen zu können.

„Das Gespenst hat recht, wenn es mir droht“, dachte Pucki zerknirscht, „ich hätte den blauen Sammetanzug für Karlemann lieber nicht kaufen sollen! Ich werde auch mit dem Bilde, das ich für Claus malen wollte, nicht fertig. Ich müßte jeden Tag daran arbeiten, dazu fehlt mir die Zeit. Das Bild ähnelt auch gar nicht unserem Karlemann! Der Meister hat recht: von Genie keine Spur!“

Sorgenvoll warf sich die junge Frau auf die andere Seite. „Die Wirtschaftskasse hat zwar, aus anderen Kassen aufgefüllt, noch etwas Geld, doch was nützt das, wenn die Weihnachtskasse leer ist. – Ach, wo bleibt nur die Erbschaft!“

Pucki hatte auch erwogen, ihre Sorgen dem Schwiegervater, dem pensionierten Oberförster Gregor, der mit seiner Frau in Rotenburg wohnte, zu beichten. Doch da war gerade von seiner Frau ein Brief gekommen, in dem sie schrieb, sie freue sich über Puckis Sparsamkeit und ihre gute Wirtschaftsführung. Daraufhin war es unmöglich, daß sie von den Schwiegereltern ein wenig Geld lieh. Die gute Meinung durfte nicht zerstört werden. Es würde ohnehin nötig sein, daß sie, wenn alles ans Tageslicht kam, irgendwo Fürsprecher hatte.

Wieder warf sich Pucki im Bett unruhig auf die andere Seite. Ein Glück war es, daß es zu einem Essen im Hotel Hensel, das sie hätte bezahlen müssen, nicht gekommen war. Glücklicherweise hatte sie auch Frau Elzabel nicht wieder gesehen, denn in ihrer letzten Malstunde hatte sie vom Meister gehört, daß Frau Selenko in Kürze abreise. Pucki atmete erleichtert auf. Nun würde diese gräßliche Frau auch nicht mehr zu Claus kommen. Noch zweimal war sie bei ihm gewesen, doch hatte er niemals über diese Besuche gesprochen.

Pucki lauschte auf die Atemzüge des schlummernden Gatten. „Du hast ein gutes Ruhekissen“, dachte sie, „das gute Gewissen, ich aber liege wie auf Disteln. – Ach, ich bin eine beklagenswerte Frau!“

Am nächsten Morgen stand Pucki wieder hinter der verschlossenen Wohnzimmertür vor der Staffelei. Auf einem Kissen saß Karlchen. Er trug einen blauen Sammetanzug mit weißem Spitzenkragen und sah furchtbar niedlich aus. Auf der Staffelei war auch ein gut geratener blauer Sammetanzug zu sehen, aber das Köpfchen, das daraus hervorragte, sah dem Kinde nicht ähnlich. Außerdem verzog Karlemann dauernd das Gesicht. Bald lachte er, bald untersuchte er ernsthaft den Wollhund, kroch dann vom Kissen herunter, wurde von der Mutter wieder scheltend zurückgeholt und schmollte.

„Selbst Raffael könnte dich nicht malen“, schrie sie den kleinen Kerl an, „sitze endlich ruhig!“

Da klinkte jemand an der Tür. „Bin nicht zu sprechen!“ rief Pucki.

„Ach so, Pucki, es ist Weihnachtszeit. – Der Weihnachtsmann ist wohl im Wohnzimmer. – Dein Mann möchte dich fragen, ob du in Holzau eine Besorgung zu machen hast? Die Sprechstunde ist beendet, und ich muß einen Besuch in Holzau machen. Wenn du mit mir kommen willst, mußt du dich beeilen. In einer Stunde sind wir wieder zurück.“

„Nein, ich kann heute nicht, Claus, ich habe furchtbar zu tun!“

„Ist ein Strauß abgegeben worden, Pucki?“ fragte Claus durch die Tür.

Die junge Frau kam zur Tür, riegelte auf und steckte den Kopf durch den Spalt. „Ein Strauß? – Was für ein Strauß?“

„Den ich mitnehmen will, kleine Frau. – Da will ich sogleich beim Gärtner anrufen."

Pucki schlich hinter dem Gatten her und vernahm, wie er am Fernsprecher fragte, wo der Maiglöckchenstrauß bliebe. Wenn er schon unterwegs sei, müsse er ja gleich da sein.

Hastig ging Pucki ins Zimmer. Heute war der vierzehnte Dezember. – Was war am vierzehnten Dezember gewesen? Irgendein Gedenktag? Erinnerte sich Claus an ein Ereignis aus der Brautzeit? – Vierzehnter Dezember? Er schenkte ihr Maiglöckchen, da mußte sie rasch ihr Tagebuch hervorholen und Jahr um Jahr zurückblättern, um nachher genau zu wissen, warum er ihr die Blumen überreichte.

Während sie noch in ihrem Tagebuch blätterte, kam der Strauß. Dann hörte sie die Flurtür klappen. Rasch eilte sie ans Fenster. Claus trat mit dem Strauß, der sorgsam in Seidenpapier gewickelt war, aus der Haustür, stieg ins Auto und – fuhr davon. In diesem Augenblick stand vor Puckis Augen das Gespenst mit dem drohend erhobenen Finger. Es warnte sie! Wohin fuhr Claus mit dem Strauß? – Was hatte der Meister in der letzten Stunde gesagt? Frau Elzabel werde in Kürze abreisen.

Claus fuhr nach Holzau – er brachte gewiß der schönen Frau die Blumen. War das nötig?

Puckis Lust, weiter zu malen, war verflogen. Sie kleidete Karlchen um, packte Malkasten und Staffelei zusammen und bedauerte unendlich, nicht mit nach Holzau gefahren zu sein. Sie hätte unterwegs Claus ganz vorsichtig mahnen können, sich nicht allzulange mit Frau Elzabel zu unterhalten. – Nun war

Claus fort. Sie mußte in die Küche gehen, um das Essen zu bereiten.

Heute kochte Pucki mit wenig Liebe. Sie wartete ungeduldig auf die Rückkehr des Gatten. Maiglöckchen brachte er einer anderen!

„Emilie, Sie können doch jeden Traum deuten, wissen Sie auch etwas von der Blumensprache?“

„Aber freilich, Frau Doktor Gregor.“

„Was bedeuten Maiglöckchen?“

„Rote Rosen heißt: ich liebe dich; rote Nelken heißt: ich möchte dich küssen!“

„Und Maiglöckchen?“

„Das weiß ich nicht, Frau Doktor, aber das Blumenfräulein weiß es. Sie hat ein Buch, darin stehen viele Verse.“

Es ließ Pucki keine Ruhe mehr. Wenn Claus Maiglöckchen für Frau Elzabel wählte, so tat er das mit tieferer Bedeutung. Die Blumenhandlung war am Markt, in fünf Minuten konnte sie wieder zu Hause sein. Pucki beschloß, ein wenig Tannengrün zu holen und dabei das Fräulein nach der Bedeutung der Maiglöckchen zu fragen. Und da Pucki eine Frau raschen Handelns war, übertrug sie Emilie die Aufsicht über Karlchen und die Küche und eilte davon.

Zuerst machte die junge Frau im Blumenladen eine längere Einleitung, um sich nicht zu verraten. Mit großer Freude betrachtete sie die schönen Blumen, die zur Wahl standen. Dann begann sie von der Blumensprache zu reden, fragte nach diesem und jenem und wies endlich mit gleichgültigem Gesicht auf die Maiglöckchen:

„Haben diese Blumen auch eine Bedeutung?“

„Alle Blumen sagen etwas.“

„Ich möchte meiner Freundin Maiglöckchen schenken. Können Sie mir sagen, was die Maiblume bedeutet?“

Das junge Mädchen holte ein abgegriffenes Buch herbei, blätterte darin und las dann laut:

> „Ich habe dich lieb, nur darf ich es dir nicht sagen,
> Doch würdest du ein Sträußchen an deinem Herzen
> tragen,
> So hoffte ich wieder und brauchte nicht zu verzagen.“

Pucki schaute sinnend vor sich nieder. Claus würde dieses Verschen wahrscheinlich nicht kennen. Er liebte nur seine Frau, nicht jene Elzabel. Vielleicht hatte sie jedoch einmal die Andeutung gemacht, daß sie Maiglöckchen ganz besonders liebe. Nun brachte Claus ihr solch einen Strauß, ohne zu ahnen, was sich daraus folgern ließ. – Das Gespenst hatte recht, es warnte sie. Oder – – konnte Claus von der Schönheit dieser Frau so hingerissen sein, daß er vielleicht – – vielleicht –“ Pucki schüttelte den Kopf und warf ihn energisch zurück in den Nacken.

„Gibt es auch eine Blume, die einen Menschen warnt, ihm droht? Ich habe einmal irgendwo gelesen, daß eine Frau durch die Blume zu ihrem Manne sprach, der sie verlassen wollte.“

„O ja, die gelbe Chrysantheme.“

„Was sagt sie?“ fragte Pucki neugierig.

Die Verkäuferin deklamierte mit Gefühl:

„Ich warne dich, mich zu verlassen,
Noch liebe ich dich, doch ich kann auch hassen!“

„So, so –“ sagte Pucki nachdenklich.

„Gelbe Chrysanthemen werden häufig gekauft“, meinte die Verkäuferin.

„Haben Sie solche Blumen vorrätig?“

„Freilich, dort drüben stehen drei Prachtexemplare.“

„Die sind wirklich wunderschön. – Der Vers ist ja dumm, doch es ist nicht wegen des Verses, denn ich gebe nichts auf die Blumensprache. Aber diese gelben Blüten nehme ich gern mit, ich werde sie malen.“

Der Vorsatz, nichts Unnötiges mehr zu kaufen, war vergessen. Mit schwerem Herzen zahlte Pucki zwei Mark für eine Blume.

Auf dem Heimwege traf sie Rose Teck. Die Jungbäuerin von der Schmanz beklagte sich, daß Pucki gar nicht mehr zu ihr käme, ebenso fühle sich Thusnelda vernachlässigt.

„Hast du wirklich keine Zeit mehr für deine alten Freundinnen, Pucki?“

„Weihnachten bringt viel Arbeit mit sich, liebe Rose.“

„Man sagt, du fährst häufig nach Holzau hinüber. Ich habe die Leute ausgelacht, als sie erzählten, daß du Malunterricht nimmst.“

„Warum soll ich das nicht?“

„Dann mußt du gut verstehen, deine Zeit einzuteilen. Ich könnte nicht jede Woche zwei ganze Nachmittage von Hause fort sein.“

Es schien Pucki, als enthielten Roses Worte einen versteckten Vorwurf, und da sie heute ohnehin in übler Laune war, verabschiedete sie sich rasch von der Freundin, um mit der gelben Blume heimzugehen. Als der Mittagstisch gedeckt wurde, stellte sie die Chrysantheme in eine hohe Vase; sie kam neben den Teller des Gatten.

Die Mittagspost brachte zwei Briefe für Frau Gregor. Zuerst öffnete sie den des Schwagers und war recht enttäuscht, daß kein Geldschein zwischen den Blättern lag. Aber vielleicht hatte er eine Summe auf die Bank überwiesen, oder das Geld kam durch Postanweisung. Dann las sie den Brief.

Eberhard berichtete zunächst von seiner Tätigkeit als Schiffsingenieur. Er war in seinem Beruf sehr zufrieden und teilte Bruder und Schwägerin mit, daß er Weihnachten nicht bei den Eltern in Rotenburg verleben wurde, wie das geplant gewesen sei, sondern in Bremen bliebe.

„Ich bekomme nämlich Besuch von Deutsch-Amerikanern, die ich auf meiner Reise kennenlernte. Ich muß in den nächsten Tagen Verlobungsringe kaufen. Einen stecke ich Miß Mary Baeker an den Finger, den zweiten mir. Euer Eberhard beabsichtigt auch, ein eigenes Heim zu gründen. Da kommt mir die Erbschaft gerade recht. Allerdings legt Mary wenig Wert auf mein Geld, da sie eine vielfach größere Mitgift bekommt. Marys Eltern kommen mit herüber. Sie wollen uns in Bremen eine Villa kaufen, die ganz nach Marys Geschmack eingerichtet werden soll. Deine Bitte, liebe Pucki, ist gewiß nur ein Scherz. Claus wird Dir gern jeden Wunsch erfüllen, wende Dich an ihn."

Dieses Schreiben stimmte Pucki nicht freudiger. Eberhard verlobte sich mit einer reichen Amerikanerin, und auch er bekam eine eigene Villa. Ihr Claus hatte es noch nicht so weit gebracht, obwohl er gewiß mehr arbeitete als Eberhard. Sie wollte den Brief dem Gatten an den Teller legen und abwarten, was er dazu sagte.

Ach nein, das war ja unmöglich! Ohne sein Wissen hatte sie den Schwager angeborgt. Claus würde fragen, was die Andeutungen des Bruders besagten. Aber Claus mußte von dem Inhalt dieses Briefes in Kenntnis gesetzt werden. Pucki überlegte nur wenige Sekunden, dann schnitt sie aus dem Briefe einfach die Zeilen heraus, die sich auf ihre Bitte um Geld bezogen. Wenn er fragen sollte, was das zu bedeuten hätte, dann wollte sie andeuten, daß es sich um ein Geheimnis handle. Es war ja Weihnachten.

Der zweite Brief war von Hans Rogaten, dem guten Freunde, der ihr so oft in ihren Nöten beigestanden hatte. Er war auch heute wieder sehr herzlich gehalten. Nur auf der letzten Seite schrieb er warnend:

> „Kleine Pucki, Du teilst mir mit, daß Du von jetzt an täglich vor der Staffelei stehst und malst. Du wirst es doch nicht machen wie jene Frau Prell, bei der Du einstmals als Kinderfräulein warst und die durch ihre Schriftstellerei Haus und Kinder vernachlässigte. Nein, Pucki, das machst Du nicht, dazu kenne ich Dich viel zu gut. Du hast jetzt Deinen schönen Beruf als Frau und Mutter, da brauchst Du keine Malerin zu werden. Hoffentlich hat mein alter Herr mit seinem Lob nichts Schlimmes

> angerichtet. Wenn Du wieder einmal etwas fertig hast, so schicke es mir, damit wir feststellen können, ob Du bei Deinem Lehrer Fortschritte machst. Im übrigen bin ich nach wie vor Dein guter Freund, dem Du, neben Deinem Gatten, immer Dein Herz ausschütten kannst.“

Pucki strich sich mehrmals mit der Hand über die Stirn. Der gute, treue Rogaten meinte es ehrlich! Sie malte ja nur jetzt so emsig, um das Bild Karlchens bis zum Fest fertig zu haben. Dieses gräßliche Bild, das nicht gelingen wollte. Und doch mußte sie es zwingen! Der Meister hatte wohl recht, ohne innere Sammlung ging das Malen nicht.

Wenn sie an alle die Mahnungen der Freunde und Bekannten dachte, glaubte sie das Gespenst mit dem erhobenen Finger zu sehen. Im Frühling mußte sie ohnehin mit den Malstunden aufhören, um erst im Herbst wieder zu beginnen, doch jetzt sollte man ihr das Vergnügen lassen. Sie wollte das Bild Karlchens fertig malen, mochte in jeder Nacht ein Regiment Gespenster warnend vor ihrem Bett die Finger erheben!

Claus kehrte mittags heim und schien in bester Laune zu sein. Zärtlicher denn je drückte er seine kleine Frau ans Herz.

„Es war wohl sehr schön in Holzau?“

„Ja, liebe Frau, sehr schön!“ klang es herzlich. Pucki glaubte einen besonders weichen Ton in seiner Stimme feststellen zu müssen.

„Haben die Blumen Freude gemacht?“

„Ja, Pucki, große Freude!“

„Sie waren wohl recht teuer?“

„Für diese Frau waren sie nicht zu teuer.“

„Komm zum Essen, Claus, es ist so weit.“

Er sah die schöne gelbe Blume an seinem Platz stehen. Rasch schob er die Vase seiner Frau zu.

„Nein, nein“, wehrte sie ab, „diese Blume habe ich für dich gekauft.“

„Habe herzlichen Dank, liebe kleine Frau. Hat es etwas Besonderes zu bedeuten, daß du mir heute eine Blume schenkst? Hast du eine Erinnerung hervorgekramt?“

„Blumen haben ihre Bedeutung.“

„So? – Und was bedeutet diese gelbe Chrysantheme?“

Pucki zuckte mit den Schultern.

„Kleines liebes Brummeisen, was habe ich wieder angerichtet? Ich sehe es deinem Gesicht deutlich an, daß meiner lieben Hausfrau etwas nicht paßt. – Also los, jetzt wird gebeichtet! – Was habe ich verbrochen?“

„Gar nichts. – – Im übrigen will ich dich in deinen Gedankengängen nicht stören, Claus, du magst weiter von den Maiglöckchen und von der glücklich Beschenkten träumen.“

Claus lachte los. „Aha – das also ist es! – Hättest mit mir kommen sollen, Pucki, dann hättest auch du deine helle Freude daran gehabt, wie meine kleine Aufmerksamkeit beglückte. Frau Roon drückte mir immer wieder die Hand; Tränen der Freude standen ihr in den Augen.“

„Roon? – Wer ist denn das?" sagte Pucki kleinlaut.

„Die schwerkranke junge Frau, die ich vor vierzehn Tagen mit dem Chefarzt in Holzau operierte. Erst gestern konnten wir ihr die Mitteilung machen, daß jede Gefahr behoben ist. Heute durften ihre Kinder zum ersten Male zu ihr kommen. Da brachte ich ihr die Maiglöckchen. Es sind ihre Lieblingsblumen. – So, Pucki, nun kennst du mein Geheimnis, meine Träumerei, und jetzt sagst du mir, was die gelbe Blume bedeutet."

Pucki hatte einen roten Kopf bekommen. „Laß nur, Claus, ich bin recht dumm!"

„Das ist keine Entschuldigung! – Du, Pucki!" Claus hob warnend den Finger. Da griff Pucki heftig zu.

„Laß den dummen Finger unten, ich habe ihn heute schon oft genug gesehen."

„Ich möchte wissen, was die gelbe Blume bedeutet." Seine Augen blitzten übermütig. „Und wenn du es mir nicht sagst, so frage ich – bei Frau Elzabel an, die die Blumensprache kennt, wie sie mir einmal sagte."

„Ist sie noch immer da?"

„Keine Ahnung, Pucki, aber – ich schreibe ihr. Also los, was sagt diese gelbe Blume?"

Da hockte Pucki auf der Lehne seines Stuhles, strich mit beiden Händen über seine Wangen und flüsterte ihm ganz leise ins Ohr:

„Ich warne dich, mich zu verlassen,
Noch liebe ich dich, doch ich kann auch hassen!"

Claus verbiß sich das Lachen. Er nahm die Blume, betrachtete sie lange, dann konnte er nicht länger ernst bleiben. Schallend lachte er auf und gab seiner Frau einen herzlichen Kuß. „Pucki bleibt Pucki, selbst mit dreiundzwanzig Jahren. Dich werden sie noch als den kleinen Puck begraben! – Also hassen kannst du auch? Pucki, ich fürchte mich vor dir! – Na, komm, wir wollen die schöne Blume ins Wohnzimmer tragen, damit sie mir warnend vor Augen steht."

Pucki sagte nichts mehr. Sie schämte sich und schwur sich hoch und heilig, nie wieder an der Treue ihres Gatten zu zweifeln. Endlich fiel ihr Eberhards Brief ein, der lenkte ab.

„Hier ist ein Brief von Eberhard. – Ach ja, der hat es gut, der bekommt eine Villa und eine reiche Frau!"

Mit größter Anteilnahme las Claus den Brief des Bruders. Er freute sich aufrichtig an dessen Glück.

„Was ist denn das hier, Pucki?" Claus wies auf das zerschnittene Blatt.

„Mein Geheimnis", erwiderte Pucki trocken.

„Ich finde, bei uns rumort der Weihnachtsmann in allen Ecken. Das wird ja ein fabelhaftes Fest werden. Verschlossene Türen, zerschnittene Briefe, geheimnisvolle Fahrten nach Holzau – –"

„Claus – wie meinst du das?"

„Ich habe davon gehört, kleine Frau."

„Das habe ich mir gedacht, das hat dir die schöne Frau Elzabel gesagt! Ein Glück, daß sie abfährt! – Ach, Claus, wenn wir erst die

Erbschaft bekommen haben, sage ich dir alles, dann ist alles wieder gut."

„Kannst du mir nicht alles schon eher sagen, mein Kind?"

Sie schüttelte so heftig den Kopf, daß ihr die blonden Locken ins Gesicht flogen. „Nein, jetzt noch nicht, aber ich schwöre dir, daß es später wieder sein wird wie einst. Nur lasse mir Zeit."

„Da bleibt mir also nichts weiter übrig, als ruhig abzuwarten. – Pucki, habe Vertrauen!" Wieder ging der Zeigefinger warnend in die Höhe.

„Schweige still, du Gespenst!" Damit lief Pucki aus dem Zimmer.

Das ist eben Pucki!

Pucki ärgerte sich, denn es war gewiß eine Dummheit, heute am zweiundzwanzigsten Dezember nochmals zur Malstunde gefahren zu sein. Zu Hause türmte sich die Arbeit bergehoch, und das machte sie verdrießlich. Sie ärgerte sich außerdem darüber, daß der Meister mit ihren Leistungen unzufrieden war. Er tadelte ihre Flüchtigkeit. Sie entschuldigte sich, daß sie mit Weihnachtsvorbereitungen und durch den Haushalt zu stark in Anspruch genommen sei; später würde es wieder besser werden. Zum dritten aber ärgerte sie sich darüber, daß Karlchens Bild, das Weihnachtsgeschenk für Claus, nicht gelungen war. Morgen mußte noch Firnis darüber gestrichen werden, sonst war es fertig. Verbesserungen, die sie für nötig hielt, konnten doch nicht mehr vorgenommen werden: Karlchen sah auf dem Bilde blöde aus, auch die Ähnlichkeit ließ sehr zu wünschen übrig. Außerdem hatte Pucki gestern festgestellt, daß das Kind auf dem Bilde eine schiefe Schulter hatte. Am liebsten wollte sie das Gemälde gar nicht verschenken, doch war kein Geld mehr vorhanden, um für Claus noch etwas anderes zu kaufen. Sie hatte ja auch immer wieder betont, daß sie ihn mit einer Handarbeit erfreuen wollte.

Zunächst war das heute die letzte Malstunde gewesen; erst Mitte Januar wollte sie wieder beginnen. Sie kaufte in Holzau noch die letzten Kleinigkeiten ein und wählte viel billiges Zeug, da das Geld nicht weiter langte. Jedesmal, wenn sie an dem Delikatessengeschäft vorüberkam, in dem sie damals mit Frau Elzabel die teuren Leckereien gekauft hatte, trat eine tiefe Falte auf ihre Stirn. Datteln, Feigen, Mandeln: alles lag noch daheim und würde zu Weihnachten gegessen werden. Aber die Erinnerung an die furchtbaren Minuten schwand dadurch nicht.

So kam sie zurück nach Rahnsburg. Vor dem Hause stand ein Auto. Pucki wußte sogleich: es gehörte den Schwiegereltern aus Rotenburg. Ihre Züge hellten sich sofort auf. Wahrscheinlich kamen sie, um ihre Weihnachtsgeschenke zu bringen. Rasch betrat sie den Flur, legte Hut und Mantel ab und vernahm aus dem Wohnzimmer die Stimme ihres Gatten. Pucki beschloß, ein wenig zu lauschen. Vielleicht konnte sie später im Gespräch mit den Schwiegereltern anbringen, was sie noch für Wünsche auf dem Herzen hatte. Da hörte sie ihren Namen. Es war Claus, der ein wenig lachend die Worte sagte:

„Das ist eben Pucki!“

Die Lauscherin beschloß, behutsam ins Eßzimmer zu gehen, um vom anstoßenden Wohnzimmer her Näheres über sich zu erfahren. Die Schwiegereltern sangen wahrscheinlich wieder einmal ihr Lob in allen Tonarten. Die junge Frau wußte, daß Oberförster Gregor seine Schwiegertochter über alles liebte.

Sie mußte jedoch bald feststellen, daß der Schwiegervater nicht anwesend war. Claus unterhielt sich mit seiner Mutter.

„Es tut mir unendlich leid, Claus, daß eure Emilie, die immer so freundlich und tüchtig ist, einen verärgerten Eindruck macht. Ich kann es verstehen, denn sie klagte mir vorhin ihr Leid. Sie ist noch zu jung, um alles, was Pucki von ihr verlangt, selbständig zu tun. Wenn Fehler gemacht werden, ist es deiner Frau nicht recht."

„Weiß schon, was du sagen willst, liebe Mutter. Ich sehe selbst, daß Pucki, seit sie Malstunden in Holzau nimmt, den Haushalt vernachlässigt. Mir fehlt oftmals ein Knopf an der Jacke, und mehrfach muß ich daran erinnern, ehe er wieder angenäht wird. Die Mahlzeiten sind auch nicht mehr mit soviel Liebe angerichtet wie früher."

„Warum sagst du das Pucki nicht, Claus? Sie ist noch viel zu jung, sie braucht Anleitung. Sprich einmal ernsthaft mit ihr, dann wird sie sich bessern."

Das Gesicht der blonden Horcherin wurde finster. Von dieser Seite kannte sie ihre Schwiegermutter noch nicht.

„Ich denke, Pucki wird von sich aus wieder zu ihren Pflichten zurückfinden, liebe Mutter. Ein hartes Wort verdirbt bei ihr sehr viel. So ist es immer gewesen. Du weißt, ich kenne sie seit ihrer Kinderzeit. Wir alle wissen, was Pucki für ein schwieriges Menschlein ist. Mit Heftigkeit wird nie etwas bei ihr zu erreichen sein, nur mit Güte. Pucki hat jedoch einen viel zu guten Charakter, um nicht eines Tages ganz von selbst einzusehen, daß es so nicht weitergehen kann. Denke einmal zurück, liebe Mutter. Sie war eine schlechte Schülerin, da traf sie eines Tages auf der Eisbahn eine alte Frau, die einen Leierkasten drehte. Die Alte sprach davon, daß sie durch Faulheit im Leben nicht vorangekommen sei. Mit einem Schlage änderte sich das Kind. Denke auch an ihr späteres Leben. Wie viele tolle Streiche hat sie verübt, doch bedurfte es immer nur eines Anstoßes, und ihr gutes Herz kam zum Vorschein. Wie pflichtgetreu war sie in ihrer Stellung bei Prells, was für eine tüchtige Kindergärtnerin ist sie gewesen! Und nun sollte sie plötzlich eine schlechte Frau und Mutter sein?“

„Du weißt, Claus, wie sehr wir deine Frau lieben; man kann ihr nicht zürnen, obgleich sie eigentlich ein kleiner Racker ist. Aber jetzt hat sie den Malfimmel im Kopf – –“

„Und wird ihn wieder lassen. Eines Tages kommt irgendein Anstoß, und Pucki sieht ein, daß es so nicht weitergeht. Ich glaube, ich brauche erst gar nichts zu sagen, sie findet sich allein zurück.“

„Claus, ich glaube, du bist zu nachsichtig.“

„Mag sein, liebe Mutter. Mitunter bin ich zwar auch einmal böse, aber wenn mich Pucki dann so schuldbewußt ansieht, wenn sie mit Tränen in den Augen ihr Unrecht einsieht, verfliegt jeder Groll. Außerdem“ – Claus wurde sehr ernst – „weiß ich, Mutter, daß es in vielen Ehen nach kurzer Zeit schief geht, und zwar dann, wenn der erste Rausch verflogen ist. Du kennst die traurige Statistik: die meisten Ehescheidungen liegen zwischen dem zweiten und fünften Ehejahr.“

„Claus – was heißt das?“

„Wir haben nichts zu fürchten, liebe Mutter, ganz bestimmt nicht. Pucki könnte aber immerhin auch einmal an diese große Eheklippe kommen. Zur Zeit bildet sie sich ein, sie brauche etwas anderes als Haushalt und Kind; der Geist müsse Nahrung haben. Das besagt mir, daß sie eine plötzliche Leere empfindet. Entwickelt sich dieses Gefühl stärker in ihr, so kommt meine temperamentvolle Pucki eines Tages vielleicht auf den Gedanken, daß ihr die Ehe nicht das bietet, was sie erhofft. Pucki ist ein ebenso törichtes wie liebes Geschöpf! Ist erst das Doktorhaus voll von lärmenden Kindern, dann wird das anders werden."

„Trotz deiner großen Liebe und Güte? Trotz eures süßen Jungen?"

„Pucki sagte mir einmal: in ihrer Brust wohnen zwei Seelen. Und sie hat recht! – Mutter, es kommt einmal die Stunde, daß jede Schlacke von ihr abfällt, daß sie sich voll und ganz durchgerungen hat. Darauf hoffe ich; es geht natürlich nicht schnell. Ich muß Geduld haben!"

„Und wenn die Vernachlässigung in deinem Haushalt noch weiter fortschreitet – was dann?"

Pucki ballte die Hand. Was waren das für unerhörte Äußerungen? Den Haushalt vernachlässigen? Gönnte man ihr nicht die Freude, die ihr die Malstunden bereiteten? Durfte sie überhaupt nicht mehr an sich denken – immer nur an Mann und Kind?

Sie entfernte sich von der Tür. „Der Horcher an der Wand, hört seine eigne Schand", ging es ihr durch den Sinn. „Warum horche ich überhaupt? Das ist gemein! Ich tue es nie wieder."

Als sie dann jedoch Clausens warme, herzliche Stimme vernahm, schlich sie abermals zur Tür zurück.

„Pucki findet sich zurück, Mutter, vielleicht sehr bald. Ich behandele sie jetzt wie ein krankes Kind, denn Pucki ist seelisch krank. Vielleicht trug der Umgang mit Frau Selenko Schuld daran. Eine Weltdame, deren Sinn nur auf Luxus und Vergnügen gerichtet ist, hat meinem kleinen Frauchen ein wenig den Kopf verdreht. Liebe Mutter, mache dir keine Sorgen! Pucki hat ihr goldenes Herz behalten, und wenn sie das Haus auch ein wenig vernachlässigt – –“

Mit zwei großen Schritten war die Lauscherin von der Tür fort. „Das ist arg – das geht zu weit! Ich bin ein krankes Kind, ich vernachlässige den Haushalt? – – So etwas soll ich mir sagen lassen? Ich, die ich alles in Ordnung halte und von früh bis spät tätig bin. – Jetzt ist es genug, jetzt will ich zwischen die Ankläger treten!“ Schon war sie wieder an der Tür und legte die Hand auf die Klinke.

„Es ist eben Pucki“, sagte Claus warm. „Vielleicht habe ich sie gerade deswegen so unendlich lieb. Wenn mein kleines Frauchen Klarheit darüber gewinnt, daß es in einer Ehe nicht nur Festtage gibt, daß der Alltag mit seinen vielen langweiligen Forderungen an jeden herantritt, wenn Pucki über diese erste Klippe glücklich hinweggekommen ist, wird sie eine prächtige Hausfrau werden. Darauf freue ich mich, Mutter! Pucki nimmt den Mund immer sehr voll von Eheglück und Sonne im Hause, sie hat das wahre Eheglück jedoch noch nicht erkannt. So geht es vielen, sehr vielen jungen Frauen! Die weniger guten und festen Charaktere laufen dann dem Manne davon, oder – zerbrechen die Ehe. Meine Pucki macht erst noch einige kleine Dummheiten, dann aber kämpft sie sich durch.“

„Das erste anständige Wort, das er sagt“, murmelte die Lauscherin. „Mein Claus ist wirklich ein guter Mensch. – Ja, er hat recht, ich habe mich immer durchgekämpft. Mein ganzes Leben war bisher so, das ging von meiner Kindheit an so. – Na, ich bin eben Pucki, und ein Pucki ist eben dazu da, um auf dem Ast zu sitzen und die Leute mit Tannenzapfen zu werfen und sie zu ärgern!“

„Auch ich glaube daran, lieber Claus, daß Pucki, wenn sie erst noch ein wenig älter und vernünftiger geworden ist, eine sehr gute Frau und Mutter sein wird, und daß euer Familienglück dann rein und ungetrübt bleibt. Nur muß sich Pucki noch manches abgewöhnen. Emilie ist sehr verärgert und will kündigen. Alles wegen der unnötigen Malstunden. Dabei leistet sie doch wirklich nicht viel.“

„Laß sie ruhig noch ein Weilchen pinseln, Mutter! Ich glaube, ich bekomme zu Weihnachten ein gemaltes Bild.“

„Woher weiß er das?“ murmelte Pucki.

„Wahrscheinlich wird es unfertig sein“, lachte Claus, „meine kleine Frau hat schon manches angefangen und nicht vollendet!“

Pucki stieg das Blut heiß ins Gesicht. Sie hatte noch zwei Stunden zu malen, dann war der blausamtene Karlemann fertig. „Es wird fertig“, sagte sie und schlug mit der Faust gegen die Tür. Schon in der nächsten Sekunde kam ihr die Torheit zum Bewußtsein. Sie eilte durchs Zimmer, wollte es verlassen, um nicht als Lauscherin ertappt zu werden, doch bevor sie verschwunden war, rief Claus durch die geöffnete Eßzimmertür:

„Komm herein, Pucki, die Mutter ist hier!“

Sie hörte seine Worte, doch keine Macht der Erde hätte sie jetzt zurückgeholt. Mann und Schwiegermutter wußten, daß sie gelauscht hatte. Sie stürmte ins Kinderzimmer, beschäftigte sich dort mit Karlchen und erschrak, als schon wenige

Augenblicke später Frau Gregor und Claus eintraten. Auf die herzliche Begrüßung der Schwiegermutter fand sie heute kaum ein Wort. In ihren Ohren klang noch das Erlauschte.

„Nun, Pucki, komm einmal herüber, Mutter hat schöne Sachen mitgebracht."

Die blauen Augen blitzten: „Ich kann jetzt nicht, ich muß mich um den Haushalt kümmern, sonst vernachlässige ich ihn!"

Claus unterdrückte ein Lächeln, und Frau Gregor sagte freundlich: „Einen Augenblick wirst du wohl Zeit haben, Pucki?"

„Später", klang es ein wenig patzig zurück. Dann dachte sie daran, daß Claus sie ein krankes Kind genannt hatte. Beinahe wollten ihr die Tränen kommen. „Ich gehe rasch noch einmal nach der Küche, dann komme ich", klang es kleinlaut. Pucki sah ein, daß es unrecht von ihr war, die herzensgute Schwiegermutter, die wahrscheinlich Weihnachtsfreuden ausgepackt hatte, absichtlich zu kränken.

„Vater kommt später, er macht noch Besorgungen, Pucki. Wenn du uns über Abendbrot hierbehalten willst, können wir eine gemütliche Plauderstunde halten."

„Ach ja – natürlich!"

Dann stand Pucki in der Küche. Emilie betrachtete verwundert die junge Hausfrau, wie sie mit dem Kochlöffel zwecklos in einem Topf mit Wasser rührte. Sie wußte ja nicht, daß Pucki versuchte, ihre aufgeregten Gedanken zu beschwichtigen. Langsam wurde sie ruhiger. Alles, was sie eben erlauscht hatte, war wirklich gut gemeint. Wie lieb hatte Claus von ihr gesprochen, obwohl sie ihm schon manchen Ärger zugefügt und vieles verpatzt hatte.

„Er ist ein guter Mann, er ist der beste Mann, den es überhaupt gibt. – Unser Familienglück soll ebenso sein“, redete sie sich vor.

Pucki atmete auf, als nach kurzer Zeit Oberförster Gregor kam. Nun war einer da, der nicht mitgelästert hatte. So hing sie sich sogleich in den Arm des alten Herrn und plauderte so aufgeregt, daß er sie erstaunt anblickte.

„Na – Kleines, dich hat die Weihnachtszeit wohl recht nervös gemacht?“

Es wurde ein sehr gemütlicher Abend, obwohl Pucki von ihrem schlechten Gewissen gequält wurde. Sie gab sich die erdenklichste Mühe, die Tafel hübsch herzurichten. Von einer vernachlässigten Wirtschaft war nichts zu merken. So lobte der Schwiegervater sein Töchterchen immer wieder.

Pucki ließ ihre Blauaugen umherschweifen, richtete sich kerzengerade auf und wartete auf weitere Anerkennungen, doch sie kamen nicht. Nur im Gesicht ihres Claus zuckte es mitunter gar merkwürdig. Vergnügt blinzelte er sie an. Da stand plötzlich wieder die tiefe Falte auf ihrer Stirn.

Ziemlich spät verließen die Eltern das Doktorhaus. Pucki überlegte, ob sie den ohnehin angebrochenen Abend dazu benutzen sollte, noch einige Weihnachtsvorbereitungen zu machen. Morgen gab es ohnehin viel zu tun, ihr würde die Zeit recht knapp werden.

„Komm, Pucki, nun wollen wir zur Ruhe gehen, denn es kommen anstrengende Tage für dich“, sagte Claus.

„Ach –“, sagte sie leichthin, „was nicht fertig wird, bleibt liegen. Es kommt wirklich nicht darauf an, ob eine Wirtschaft ein wenig mehr oder weniger vernachlässigt wird.“

„Komm schlafen, kleiner Trotzkopf!"

„Ich hätte eigentlich noch zu arbeiten."

„Nein, kleine Frau, was zu Weihnachten nicht fertig wird, wird unfertig geschenkt."

„Es wird aber fertig", schrie sie ihn an, „und wenn es mein Leben kosten sollte – es wird fertig!"

„Jetzt wird geschlafen!"

Damit zog er die Widerstrebende hinüber ins Schlafzimmer. –

Der dreiundzwanzigste Dezember brachte viel Arbeit. Obwohl Pucki schon morgens im Bett überlegte, wie sie die Zeit einteilen sollte, um das Bild fertigzustellen, fand sie keinen Ausweg. So wurde ein ganz einfaches Mittagsgericht bereitet, dann ging sie mit neuem Mut an das Bild; es mußte fertiggestellt werden! Emilie betrat unwillig das Wohnzimmer und meinte, sie könne heute bei der vielen Arbeit das Kind nicht brauchen.

„Ich auch nicht", erwiderte die junge Frau ärgerlich. Dann nahm sie den Kleinen, trug ihn hinüber ins Schlafzimmer und setzte ihn in sein Gitterbettchen. „Hier bleibst du! – Hier ist der Hund, das Schaf und die Katze, nun spiele schön damit!"

Im Begriff weiterzumalen, läutete es. Der Postbote brachte ein Paket. Pucki warf einen Blick auf den Absender: Familie Prell aus Nürnberg.

Ach, dieses Paket mußte rasch ausgepackt werden. Die lieben Prells wollten ihr eine Weihnachtsfreude bereiten. Welche schöne Erinnerung hatte sie an die Zeit, die sie im Prellschen Hause verlebt hatte. Der Opernsänger und seine Gattin mit ihren beiden Knaben Tri und Flo waren liebe Menschen. Die Mutter hatte sich damals eingebildet, Romane schreiben zu können und sich kaum um ihre Kinder gekümmert. So hatte Pucki alle Verantwortung auf ihre Schultern nehmen müssen, um den beiden Kindern ein geordnetes Heim zu schaffen. Mit unendlicher Liebe hingen die beiden Knaben an ihr. Schließlich hatte sie der nachlässigen Mutter in der Erregung eine große Strafpredigt gehalten und danach befürchtet, daß man sie auf die Straße setzen würde. – Und der Erfolg? Frau Prell hatte eingesehen, daß Pucki recht hatte; sie ließ ab von dem Wahn, Romane schreiben zu müssen und schuf Manu und Kindern wieder eine geordnete Häuslichkeit und ein glückliches Familienleben.

Nun lagen die Geschenke vor ihr. Der Sänger schickte ihr gemeinsam mit seiner Frau einen wunderschönen Ring; Tristan, der jetzt siebzehnjährige Junge, hatte ein Photoalbum selbst geklebt.

„Du sollst sehen, geliebte Pucki, daß wir noch immer an die Zeit denken, in der du bei uns warst", schrieb er dazu.

Als Pucki das Album durchblätterte, hätte sie am liebsten vor Rührung geweint. Da war die Burg in Nürnberg, hier Herr Prell als „Lohengrin" und in vielen anderen Rollen, ein Lotterielos hatte auch Aufnahme gefunden, zur Erinnerung an jenes Los, mit dem sie damals tausend Mark gewonnen hatte. Dann kamen Familienbilder, Aufnahmen von Tri und Flo, von der Va, von dem Zimmer, in dem Pucki gewohnt hatte, und zum Schluß ein großes Familienbild. Darunter stand:

„Jetzt sind wir sehr glücklich, Pucki! Es ist wunderschön. Das verdanken wir dir!"

Der jüngere Flo hatte Pucki ein Schmuckkästchen gesägt, feinste Laubsägearbeit, und mit blauer Seide gepolstert. Dann fanden sich noch kleine Geschenke für Claus und Karlemann dabei.

„Du hast uns so glücklich gemacht“, schrieb Flo, „jetzt wollen wir dich glücklich machen!“

Zuletzt las Pucki den Brief der Frau Prell. Sie schrieb herzliche Worte, schickte viele gute Wünsche für die Zukunft und gab einen Bericht, wie es heute im Prellschen Hause aussähe, und daß alle sehr zufrieden seien. Pucki las:

„Ich möchte einen Blick in Ihre Häuslichkeit werfen, liebe Pucki. Sie sind wahrscheinlich ein Vorbild für alle Mütter! Ich werde nie vergessen, wie Sie damals bei uns mehr als ihre Pflicht erfüllten. Ich weiß noch genau, was Sie mir damals in Ihrer Erregung mit voller Berechtigung sagten. Nie vergesse ich diese Worte! Man sollte sie jeder Mutter, die ihren Pflichten gegenüber nachlässig ist, zurufen: Wenn man Mutter ist, hat man die heilige Verpflichtung, die Seelen seiner Kinder nicht verkümmern zu lassen. Kinder brauchen Sonnenschein und Elternliebe! – So sprachen Sie zu mir, Pucki. In Ihrem Hause wird es nichts anderes geben als Sonnenschein. Wer so pflichttreu ist, wie Sie es schon als junges Mädchen waren, muß als Mutter ganz hervorragend tüchtig sein. Im nächsten Jahre werfe ich einen Blick in Ihre Häuslichkeit, dann will ich sehen, wie es Ihnen geht. Glücklicher Mann, glückliches Kind! Oft, wenn es mir nicht leicht wurde, Pucki, habe ich an Ihre Strafpredigt gedacht. Das gab mir neue Kraft. Ihnen, meine liebe Pucki, käme es nie in den Sinn, einen Roman zu schreiben und darüber die Kinder zu vergessen –“

Pucki schrak zusammen. Sie hatte eben einen Aufschrei vernommen, dann lautes Gepolter und Klirren. Der Brief flog zu Boden. Pucki lief aus dem Zimmer, hin zu Karlchen. Für einen Augenblick glaubte sie, erstarren zu müssen. Was war geschehen? Anscheinend war der Knabe aus dem Bettchen gekrochen. Eine Bettwand war heruntergeklappt, in der Eile von Pucki wohl nicht richtig befestigt gewesen. Dann war Karlchen zur Waschkommode gelaufen, hatte sich mit den Händchen an das Waschbecken geklammert und es heruntergezogen. So waren das Waschbecken und der schwere Krug auf das Kind gefallen, das regungslos zwischen den Scherben auf dem Boden lag, umrieselt vom Wasser.

Pucki hob das besinnungslose Kind auf. Sie sah die blutende Stirn. Da wurde es plötzlich ganz ruhig in der erregten Frau. Jeden Handgriff überlegte sie zuvor. Nur in ihrem Herzen fühlte sie ein Brennen und Reißen.

Karlchen schlug bald wieder die Augen auf. Er war wohl nur vom Schreck betäubt worden. Aber vielleicht hatte er doch einen Schaden davongetragen. Pucki schickte Emilie hinüber zum Gatten und ließ ihm sagen, er möge schnell einmal herüberkommen. Während dann Claus seinen Sohn eingehend untersuchte, räumte Pucki mit totenblassem Gesicht die Scherben zusammen. Sie wagte nicht, Claus anzusehen.

„Ich glaube, es ist gut abgegangen“, sagte er endlich. „Wie kommt es aber, daß der Junge mit der Waschschüssel spielen konnte?“

Pucki schwieg noch immer. Was hatte sie soeben im Prellschen Briefe gelesen? In ihrem Haushalte würde es nicht vorkommen, daß eine Mutter ihre Kinder vernachlässigte.

„Es wird eine tüchtige Beule geben, Pucki. Kühle sie, mache eine halbe Stunde lang Umschläge. Ich muß wieder hinüber. Sobald ich Zeit habe, komme ich wieder. Lege Karlchen auf den Diwan, damit du ihn unter Aufsicht hast.“

Kein Vorwurf fiel von seinen Lippen, aber auch kein herzliches Wort für die blasse Frau, der die Füße schwer wie Blei waren. Sie trug Karlchen hinüber ins Wohnzimmer. Im Erker stand die Staffelei mit dem Bilde, daneben der Malkasten. Neben dem Malkasten lag der Brief von Frau Prell.

Pucki saß auf dem Diwan neben Karlchen. Das Kind, das anfangs leise weinte, wurde bald wieder ruhig und schaute neugierig auf die geschnitzten Tierchen, die auf dem Tische standen, und die von Prells für Karlchen geschickt worden waren.

„Mutti – haben!“

„Ja, Karlchen, du sollst sie bekommen.“

Vergnügt spielte der Kleine damit. Schmerzen und Schreck waren vergessen. Pucki rührte sich nicht von seiner Seite, obwohl der Zeiger der Uhr immer weiter eilte.

Wieder nahm sie den Brief Frau Prells zur Hand, unaufhörlich tropften ihre Tränen darauf.

„Oh, Mama“, rief Karlchen, patschte ihr mit den Händchen ins Gesicht und lachte sie fröhlich an. Dabei hatte das Kindergesichtchen ein so glückliches Aussehen, daß Puckis schweres Herz etwas leichter wurde.

Es hielt ihn nicht lange auf dem Diwan, er wollte in seine Boxe, um die Tierchen aufzustellen.

„Warte, Karlchen, ich schenke dir noch etwas zu Weihnachten“, sagte Pucki. Feste Entschlossenheit klang in ihrer Stimme. Dann setzte sie das Kind auf den Spielteppich, gab ihm einen Blaustift in die Hand, holte das Bild von der Staffelei herunter und stellte es vor Karlchen in die Boxe.

„So lange habe *ich* daran gemalt, jetzt darfst *du* malen! Du hast oft genug böse und verärgert auf das Bild gesehen, und wolltest mehrfach die Staffelei umwerfen. – Hier, jetzt male!“

Anfangs schaute Karlchen zögernd die Mutter an. Als aber Pucki selbst mit einem Blaustift ein paar dicke Striche quer über das Bild zog, kreischte der Knabe vergnügt auf und bearbeitete nun seinerseits mit dem Blaustift Puckis wochenlange Arbeit. Jedesmal, wenn wieder ein blauer Strich über das Kinderbild ging, jubelte Karlchen hell auf.

Emilie kam ins Zimmer und rief Pucki hinaus in die Küche. Da die Hausfrau das Kind voll beschäftigt wußte, ging sie hinaus. In demselben Augenblick kam Claus von der anderen Seite ins Zimmer. Der Knabe schrie ihm vor Wonne laut entgegen:

„Papa – Papa!“

Claus eilte zur Boxe. Er wollte dem Knaben den Blaustift entreißen, doch er sah bald ein, daß es jetzt auf ein paar weitere Striche nicht mehr ankam.

„Woher hast du das Bild, Karlchen? Schämst du dich nicht? Sollst du nicht in der Boxe bleiben?“

Karlchen bekam einen kräftigen Klaps auf die Hand und schrie auf. – Da stürzte Pucki verängstigt ins Zimmer. Claus erwartete, daß seine Frau vor Schreck umsinken würde, doch nur ein schuldbewußtes Gesicht schaute ihn verlegen an.

„Laß ihn ruhig gewähren“, sagte Pucki, „einmal hat ein siebzehnjähriges Mädchen einer viel älteren Frau, die bereits zwei Kinder hatte, eine Strafpredigt gehalten und sie dadurch zur Vernunft gebracht. Heute soll Karlchen seine Mutter auch zur Vernunft bringen. – Claus, laß ihn! – Morgen schenke ich dir – – nicht dieses Bild. – Nein, Claus, ich schenke dir ganz etwas anderes. Es wird dich mehr erfreuen als dieses schlechte Machwerk. – Ach, Claus – Claus – –“

„Pucki, was ist dir?“

Sie zitterte vor innerer Erregung, dann brach sie in bitterliches Weinen aus.

„Kind, geliebtes Kind, ist dir die zerbrochene Waschschüssel oder Karlchens Beule so auf die Nerven geschlagen?“

„Nein, Claus – – der Brief.“

„Schlechte Nachrichten? Von wem?“

„Claus, ich bin wirklich krank! Schwerkrank! – Du hast recht, ich bin ein krankes Kind, aber – ich will gesund werden, Claus.“

„Pucki, jetzt verstehe ich dich wirklich nicht.“

„Mach dir keine Sorgen um mich, Claus. Schau nur, wie unser Junge sein Ebenbild bemalt. – Ach, wäre ich nie zu Lars Alsen gegangen! Die eine schreibt Romane und ihre Wirtschaft verlottert, und – die andere malt. – Claus, ich bin genau so schlecht, wie es einst Frau Prell war.“

Er drückte Pucki auf den Diwan nieder, setzte sich neben sie, nahm ihren Kopf zwischen seine beiden Hände und blickte ihr tief in die Augen.

„Pucki, du hörtest ja hinter der Tür, was ich von dir erhoffte. Zu meiner Mutter hatte ich es gesagt, glaubte aber nicht, daß mein heißester Wunsch so schnell in Erfüllung gehen würde. Was ich mir morgen zum Weihnachtsfest wünsche, brauche ich nicht erst auszusprechen, du ahnst es bereits. Und wenn ich es bekäme, Pucki? Wenn mir meine kleine, geliebte Frau wieder einmal einen so heiligen Schwur ablegte, wie sie das von Zeit zu Zeit tut, würde ich morgen ein schwerreich beschenkter Mann sein."

„Von morgen ab sollst du keine kranke Frau mehr haben, nein, ein kerngesundes Weib, eine Mutter, die tausend Augen, tausend Hände hat, damit nichts mehr verliedert. – Claus, lieber, lieber Claus, ich hätte dir so viel zu erzählen. – Kannst du es ertragen?"

„Kleine, geliebte Frau, das erzählst du mir alles morgen unter dem Weihnachtsbaum."

„Es wird dir keine reine Weihnachtsfreude sein, Claus."

„Pucki, ich glaube doch! Wir sehen nichts anderes als das gute Ende."

„Ja, Claus, so will ich dir morgen alles sagen, aber – mache dich auf manches gefaßt."

„Wer hat dir denn schon solch einen schönen Weihnachtstisch aufgebaut?"

„Die guten Prells. – Claus, jetzt sollst du auch den Brief lesen, und morgen, morgen mußt du sehr gute Laune haben. Versprichst du mir das?"

„Weihnachtsstimmung, kleine Frau, die habe ich schon heute. Ich glaube, unser drittes Weihnachtsfest wird das schönste von allen sein, das wir bisher zusammen verlebt haben."

Die große Eheklippe

Pucki fühlte sich innerlich erleichtert. Am Weihnachtsabend war alles gesagt worden, was ihr das Herz so lange schwer gemacht hatte. Nichts hatte sie verschwiegen. Von Zeit zu Zeit hielt sie in ihrem Bericht inne, um zu überlegen, was noch zu sagen wäre. Claus hörte ihr wortlos zu. Manches betrübte ihn, für vieles hatte er nur ein verstehendes Lächeln. Wohl war ihm klar, daß die unüberlegten Handlungen Puckis Schlimmeres hätten heraufbeschwören können; doch nun war die Gefahr gebannt und Pucki voll guter Vorsätze.

Die Schulden an die Mutter wurden schon am ersten Weihnachtsfeiertag zurückgezahlt. Claus schenkte seiner Frau den Betrag, und sie schwur ihm hoch und heilig, nie wieder Schulden zu machen, da sie erkannt hätte, daß Schulden furchtbar drücken könnten. In einen Wortschwall kleidete sie ihre Verachtung für alle Malerei, und sie hätte ebenfalls geschworen, nie wieder einen Stift oder gar einen Pinsel zur Hand zu nehmen, wenn nicht Claus energisch dazwischengefahren wäre.

„Es ist ganz nett, Pucki, wenn du einmal irgendwo eine Skizze machst, aber nur für deine Familie oder – um eine schöne Gegend in der Erinnerung festzuhalten."

„Der Pinsel ist mir verhaßt, Claus!" sagte Pucki, und ihr Mann lächelte ein wenig dazu.

Als Beweis seines völligen Verzeihens kam am ersten Weihnachtsfeiertag ein großer Strauß roter Rosen.

„Weißt du, was diese Blumen bedeuten? Oder hast du die Verkäuferin ausgehorcht?“

„Nein, Pucki, das weiß ich allein.“

Sie drückte die duftenden Blumen fest an die Brust. „Ich liebe dich“, sagte sie innig. „Claus, ich kann es wirklich nicht begreifen, daß du mich nach so vielen Torheiten noch immer liebhast. Ein anderer Mann hätte mich wahrscheinlich fortgejagt, aber – es war doch gut, Claus, daß ich ein wenig gehorcht habe.“

„Trotzdem würde ich dir raten, in Zukunft das Horchen zu unterlassen, Pucki.“

„Ja, Claus, ich werde in meinem ganzen Leben zu keinem Menschen jemals wieder eine Unwahrheit sagen. Nie, nie wirst du mich mehr auf einer Schwindelei ertappen! Jeder Mensch soll nur die Wahrheit zu hören bekommen. Ich will eine Wahrheitsfanatikerin werden. Nie, nie –“.

„Halt ein, Pucki! Leiste keinen Schwur, es würde ein Meineid werden!“ sagte er lachend. „Es ist erfreulich, daß du der Wahrheit nachstrebst, aber du sollst nichts übertreiben.“

„Und dann – die Eheklippe, Claus! Es hat mir geradezu einen Stich ins Herz gegeben, als du von der Eheklippe sprachst. Ich habe oft darüber nachgedacht, und du hast recht. Es gibt eine solche Klippe für die Frauen. Vielleicht auch für die Männer, das weiß ich aber nicht. Bei vielen Frauen zeigt sie sich ganz bestimmt. Unser Lebensschifflein zerschellt daran.“

„Ich glaube, diese gefährliche Eheklippe ist für uns umschifft, kleine Pucki!“

„Ja, Claus, vielleicht, weil du auf die Gefahr aufmerksam gemacht hast. Wenn ich in den nächsten Tagen meine Freundinnen endlich einmal wieder aufsuchen werde, die ich so lange vernachlässigt habe, will ich mit ihnen über diese Frage sprechen. – Du sagtest, in den ersten fünf Ehejahren sei es schwer für die Menschen, zusammenzubleiben."

„Nein, Pucki, das habe ich nicht gesagt! – Ich habe eine Statistik angeführt, nach der leider gerade in der ersten Zeit der Ehe viele Menschen, die sich Treue fürs ganze Leben gelobten, wieder auseinanderstrebten, weil sie nicht den rechten Willen haben, miteinander auszukommen. Es machen sich Gegensätze bemerkbar, die man glaubt, nicht überbrücken zu können. Man findet, daß man nicht zueinander paßt, daß man von dem anderen Teil enttäuscht wird. Kurzum, das goldene Land, von dem man in der Brautzeit träumte, zeigt sich später als ganz gewöhnlicher Acker, der bearbeitet sein will."

„Man könnte einen Roman über deine Worte schreiben, Claus. – Habe keine Angst, ich widme mich nur noch meinem Haushalt und meinem Kinde. Aber diese Eheklippe ist natürlich eine Gefahr für jeden, und ich will mit Rose Teck und Thusnelda einmal darüber sprechen, damit sie die Gefahr erkennen."

„Kleine liebe Frau, was nützt das? Es gibt viele Ehen ohne solche Klippe! Ich bitte dich herzlich, mische dich nicht in andere Ehen hinein!"

„Bestimmt hätte ich geglaubt, daß es für mich auch keine Eheklippe gibt. Plötzlich war sie da!"

„Nein, Pucki, sie war nicht da! Du redest dir künstlich etwas ein!"

Sie strich zärtlich über sein Gesicht. „Laß nur, Claus, es ist mitunter ganz schön, wenn man sich etwas einredet. Wenn ich nächstens wieder ein Bild male, ist es ein Meer, aus dem schroff und steil eine Klippe ragt.“

„Malen willst du, ohne Pinsel? Ich denke, du nimmst nie wieder solch ein Ding in die Hand?“

„Ach, Claus – du hast recht! Aber krank bin ich nun nicht mehr, wie du einst sagtest. Ich bin genesen, ich bin wieder deine gute, tüchtige Hausfrau.“

So waren die Weihnachtstage mit viel Besuch sehr harmonisch verlaufen. Überall atmete man sichtlich auf. Besonders Förster Sandler und seine Frau freuten sich über die Einsicht ihrer Tochter. Sie waren recht in Sorgen gewesen. Mit Waltraut gab es übrigens noch einen besonderen Spaß. Pucki bildete sich nämlich ein, die Schwester schonend darauf vorbereiten zu müssen, daß sich Schwager Eberhard verlobt hätte. Waltraut und Eberhard waren früher öfters fröhlich beisammengewesen. Dann war jeder seinem Beruf nachgegangen, und das Leben hatte sie getrennt. Sie schrieben sich aber regelmäßig, und Pucki bildete sich fest ein, daß diese beiden ein Paar werden müßten. Nun kam die Verlobungsanzeige Eberhards ins Haus geflattert; damit würde für die Schwester auf das Weihnachtsfest ein Schatten fallen.

Waltraut wunderte sich darüber, daß Pucki ihr gegenüber einen gar so mütterlichen Ton anschlug und immer wieder davon erzählte, daß ein Mensch mit achtzehn Jahren an einer Enttäuschung nicht zugrunde zu gehen brauche. Eine erste Liebe sei fast nie eine letzte Liebe.

„Das ist bei deinem Schwager auch der Fall“, sagte Waltraut fröhlich. „Eberhard hat in Leipzig für deine Freundin Lilli geschwärmt, jetzt hat er sich mit einer anderen verlobt.“

Pucki war sprachlos. Keine schmerzliche Miene war in Waltrauts Gesicht zu sehen, und gar bald klärte sich das Mißverständnis auf.

„Bin ich froh, daß du nicht unglücklich bist, Waltraut. Aber besser hätte Eberhard entschieden getan, wenn er dich gewählt hätte, zumal er in Kürze ein vermögender Mann ist.“

„Ich fühle mich im Krankenhaus sehr wohl, liebe Schwester. Ich glaube, ich hätte Eberhard nicht genommen.“

Da sah Pucki, daß sie sich wieder einmal ganz falsche Gedanken gemacht hatte.

Mit ihrer Schwiegermutter schloß Pucki auch wieder herzliche Freundschaft. Sie gestand beschämt ein, daß Frau Gregor in allem recht gehabt hatte. Von nun an aber sollte sie über Pucki nicht mehr zu klagen haben.

Zwischen Weihnachten und Neujahr drängte es Pucki, hinaus zur Schmanz zu gehen, um Rose Teck aufzusuchen. Claus war verhindert, und so trat sie den Weg mit Karlchen allein an.

„Warum hast du es so eilig, Pucki?“

„Ich habe Rose sehr viel zu sagen, lieber Claus. Außerdem muß ich wissen, ob sie ein schönes Fest hatte oder ob der Unfriede in der Schmanz umgeht.“

„Das glaube ich nicht“, lachte der Gatte, „aber geh nur hinaus und grüße sie herzlich von mir.“

In dem Bauernhause draußen auf der Schmanz ging der Unfriede natürlich nicht um, ganz im Gegenteil! Man hatte einen großen Weihnachtsbaum geputzt, den die Kinder mit entzückten Augen betrachteten. Große Geschenke waren indessen nicht gemacht worden. Nur einige nützliche Dinge lagen unter dem Baum, die jeder gut gebrauchen konnte.

„Heute habe ich lange für dich Zeit, Pucki, heute drängt keine Arbeit. Es ist so wunderschön, daß du wieder einmal zu uns kommst. Ich war in der letzten Zeit recht traurig darüber, daß du wegbliebst."

„Ich will auch zu Thusnelda gehen. Sie wurde stark von mir vernachlässigt, obwohl ich oft an ihrer Wohnung vorüberging."

„Sie ist sehr glücklich. Töpfermeister Schratt ist ein fleißiger Mann, der gut zu tun hat. Auch ihre beiden Kinder sind reizend."

„Sage mal, Rose, ist dir nie der Gedanke gekommen, daß deine Ehe plötzlich ein wenig langweilig werden könnte?"

Rose Teck lachte laut. „Ich kann mich über Langeweile wirklich nicht beklagen, Pucki. Es kommt selten vor, daß ich, wie heute, die Hände in den Schoß lege."

„Sieh mal, Rose, wenn man sich verlobt, sieht man ein goldenes Feld vor sich. Alles strahlt in schönster Pracht. Ganz etwas Neues erwartet uns, und wenn man dann auf dieses goldene Feld tritt, dann bildet man sich ein, es ginge nun immer so weiter. Auf einmal kommt aber die Erkenntnis, daß alles nur grauer Acker ist, der auf die Bestellung wartet. Da wird man starr vor Schreck!"

„Ich werde bestimmt nicht starr vor Schreck, wenn ich einen grauen Acker sehe."

„Ich spreche in Bildern, liebe Rose. – Also man steht ganz plötzlich vor dem Alltag, und mitten aus dem Acker wächst ein Stein heraus, ein Felsen, eine Klippe, an der man sich wundstößt. Da sieht man dann, wie der goldene Acker versinkt und daß er grau ist.“

„Du hast immer sehr schöne Geschichten erfunden, Pucki. Ich denke noch an die goldenen Gewänder, von denen du einmal sprachst. Du hast es immer mit dem Golde zu tun, Pucki. Aber einen goldenen Acker habe ich niemals vor mir gesehen, als ich heiratete. Ich habe voll freudiger Erwartung auf den grauen Acker geschaut, der bestellt werden wollte.“

„Nein, Rose, es ist anders. – Jede Braut geht voll froher Erwartung in die Ehe. Warum werden so viele Ehen nach kurzer Zeit geschieden? Weil sich die Menschen nicht einfügen können. Das sagte Claus auch neulich zu mir, und der muß es wissen.“

„Was du mir alles erzählst, liebe Pucki, das ist mir fremd. Als ich heiratete, wußte ich genau, wie mein künftiges Leben aussehen würde. Lange genug war ich schon vorher hier im Hause. Mir war bekannt, daß ich noch viel mehr würde leisten müssen als bisher. Und es ist so gekommen. Die Kinder beanspruchen mich stark, und auch die Landwirtschaft läßt mir nicht viel freie Zeit. Aber ich bin stolz darauf, daß ich alles schaffe und daß mein guter Mann mit mir zufrieden ist. Ich sehe keine Klippe, die plötzlich aus meinem Acker aufragt, und ich hoffe, daß auch bei dir keine solche Klippe vorhanden ist.“

„Wenn der Alltag kommt, wenn jeden Tag dasselbe zu erledigen ist – –“

„Dann wird es an jedem Tag mit frischem Mut begonnen, und am Abend kommt die schöne Feierstunde, in der man von Mühen und Sorgen, von Freuden und von erledigtem Tagewerk spricht. Dann wartet man frohen Mutes auf den nächsten Tag und bittet, daß auch er wieder so gut und gnädig vorübergehen möge wie der verflossene. – Pucki“, Rose faßte plötzlich ein wenig ängstlich nach der Hand der Freundin, „hast du etwa dumme Gedanken? Findest du vielleicht, daß dir die Ehe nicht genügt? – Deine wunderschöne und glückliche Ehe, um die dich Tausende beneiden können!“

„Ich bin jetzt wieder ganz glücklich, Rose.“

„Jetzt? – Warst du es vorher nicht?“

„Rose, du weißt doch, ich habe manchmal dumme Gedanken. Eines Tages schien es mir, als müsse etwas Neues in mein Leben treten. Es war doch immer dasselbe, ein Tag verging wie der andere –“

„Pucki, liebe Pucki“, rief Rose angstvoll.

„Du brauchst dich nicht mehr zu ängstigen, es ist alles wieder gut geworden. Vielleicht wird es noch besser, wenn ich erst drei Kinderchen habe wie du.“

„Du hast deinen Mann, hast deinen süßen Jungen – –“

„Mach keine ängstlichen Augen, liebe Rose. Es ist wirklich wieder alles gut. Ich wollte nur wissen, ob ich dich vor einer Klippe warnen müßte. Nun sehe ich, daß das unnötig ist.“

„Ja, Pucki, es ist gewiß unnötig! In meiner Ehe gibt es keine solche Klippe. Dir aber wünsche ich von Herzen, daß du nicht wieder über solch dummes Zeug nachdenken mußt. –

Pucki, ich bin gewiß nicht so klug wie du, ich bin mit vierzehn Jahren aus der Schule gekommen und in Stellung gegangen. Du hast erheblich länger gelernt und später eine gute Ausbildung im Seminar erhalten. Ich darf es eigentlich nicht wagen, dir gute Ratschläge zu geben – –“

Stürmisch umschlang Pucki die Freundin. „Sage mir alles, was du auf dem Herzen hast, denn ich habe gerade in letzter Zeit erkennen müssen, daß es gut ist, wenn man erhorcht, was die Menschen von einem denken. Also rede ganz offen, vielleicht kannst auch du mir noch ein gutes Wort mit auf den Weg geben.“

„Ich meinte immer“, fuhr Rose fort, „daß zwischen Freundinnen Offenheit herrschen müsse. Oftmals habe ich über dich nachgedacht – gerade über dich. Carmen und Thusnelda sind auch meine Freundinnen, aber beide sind nicht so geartet wie du. Du warst immer anders, Pucki.“

„Ja ja, ich bin eben Pucki“, klang es kläglich.

„Man weiß niemals, woran man mit dir ist. Die gerade Straße gehst du nicht. Es macht dir Spaß, rasch einmal einen Hopser zur Seite zu tun. Ich dachte, liebe Pucki, daß du in der Ehe anders werden würdest. Du hast ein Kindchen – bist also für ein kleines Wesen voll und ganz verantwortlich. Das müßte dich besonnener werden lassen. Du bist jedoch noch immer genau dieselbe Pucki geblieben, wie ich sie immer kannte, und heute – bist du dreiundzwanzig Jahre alt, bist Frau und Mutter. Pucki, bist du mir böse?“

Pucki schüttelte den Blondkopf. „Rose, rede ruhig weiter, du hast ja so furchtbar recht!“

„Du sollst gewiß fröhlich bleiben. Auch übermütig darfst du sein, das macht nichts. Aber mitunter bist du so unüberlegt, daß man nicht glauben kann, du wärst schon so alt und – Mutter."

„Ach, Rose – wenn du auch noch alle die Dummheiten wüßtest, die ich in letzter Zeit begangen habe! –"

Da mußte Rose wieder lachen. „Ach, Pucki, es ist schwer, mit dir vernünftig zu reden. Aber um eins bitte ich dich im neuen Jahre. Beherzige genau: Erst überlegen und dann handeln. Du ersparst dir dadurch manchen Kummer."

Dieser Aussprache folgte noch eine herzliche halbe Stunde des Beisammenseins, dann verabschiedete sich Pucki. Rose begleitete die Freundin noch ein Stück Weges durch den herrlichen Winterwald.

„Ich habe eine Frau gekannt, Rose, die lebte von ihrem Manne getrennt, verbrauchte sein vieles Geld und langweilte sich trotzdem."

„Das sind unglückliche Menschen, die wir tief bedauern müssen. Ich langweile mich nie, und auch du brauchst es nicht, liebe Pucki, wenn du die Augen aufmachst und nach dem Rechten siehst. Eine fleißige Hausfrau, eine gute Mutter hat so viel zu tun und dadurch so viele Freuden im Leben, daß sie davon noch abgeben kann."

„Rose, nun habe ich es erkannt, du bist eine prachtvolle Frau!" –

Thusnelda Schratt, die einstige Schulkameradin Puckis, die auch nach der Schulzeit immer wieder mit Pucki zusammengekommen war, so daß sich zwischen ihnen eine herzliche Freundschaft entspann, fühlte sich immer sehr beglückt, wenn Pucki in ihr Haus kam. Töpfermeister Schratt, Thusneldas Mann, war ein fröhlicher und humorvoller Mann, der Frau und Kinder über alles liebte. Pucki war sich daher bald klar darüber, daß ihre vermeintliche Angst vor der gefürchteten Eheklippe eitel Unsinn war, und sie glaubte ganz plötzlich auch zu erkennen, daß es eine Eheklippe in ihrem Leben niemals gegeben hatte. Sie hatte sich das nur künstlich eingeredet. Nie wieder wollte sie Claus mit diesem Unsinn behelligen, sondern vielmehr die Augen offenhalten, wie ihr das Rose Teck geraten hatte.

„Ich bin glücklich und will glücklich bleiben!" sagte sie sich.

Was macht man mit dem Gelde?

Geräuschlos schloß Pucki die Tür zum Sprechzimmer ihres Gatten. Auf Zehenspitzen ging sie durch den Flur, zurück ins Wohnzimmer.

Was fehlte ihrem Claus? Was für Gedanken gingen ihm durch den Kopf, daß er nicht einmal ihr Eintreten bemerkt hatte? Vor einer Viertelstunde war sie ganz leise in sein Arbeitszimmer gekommen; er saß am Schreibtisch, den Kopf in beide Hände gestützt und schaute vor sich nieder. Pucki hatte ihn nicht angerufen, da sie glaubte, er beschäftige sich mit einem schwierigen Fall. Sie wollte ihn nicht stören. Als er sich aber nach Verlauf einer Viertelstunde noch immer nicht meldete, schaute sie abermals behutsam ins Zimmer. Auch jetzt saß er noch am Schreibtisch, die Feder in der Hand, aber er schrieb nicht. Sein Gesicht war aufwärts gerichtet, und Pucki glaubte in seinen Mienen Trauer und Sorgen zu lesen. Wieder war sie hinausgegangen und wartete nun voller Unruhe, daß er kommen möge, um ihr zu sagen, was ihn quäle.

„Bin ich wieder schuld daran?“ fragte sie sich selber. Sie ließ die letzten Tage an ihrem Geiste vorüberziehen. Mit denkbar größter Sorgfalt war im Hause alles von ihr erledigt worden. Auch Emilie hatte ihr finsteres Gesicht verloren und schaute so vergnügt wie ehedem drein.

Endlich hörte sie des Gatten Schritt. Sie lief ihm entgegen, schlang beide Arme um seinen Hals und schaute ihm forschend ins Gesicht. Dort stand noch immer der Schatten.

„Sage mir ganz offen, lieber Claus, ob ich wieder etwas falsch gemacht habe.“

„Du? – Warum fragst du mich?“

„Dich bedrückt etwas, Claus.“

„Gewiß, Pucki, doch heute bist du unschuldig daran.“

Da erhob sie den Zeigefinger, genau so, wie er es tat, wenn er sie ermahnte. „Habe Vertrauen“, sagte sie mit Baßstimme. „Eine Ehe ist nichts wert, wenn kein Vertrauen vorhanden ist.“

„Eine junge Mutter starb auf dem Transport zum Kreiskrankenhaus. Sie hinterläßt drei unmündige Kinder. Es ist schon der dritte Fall in meiner Praxis, daß Menschen sterben müssen, weil es unmöglich war, ihnen rechtzeitig Hilfe zukommen zu lassen.“

„Claus, warum war Hilfe unmöglich?“

„Weil die örtlichen Verhältnisse so schwierig sind. Du kennst unsere Gegend. Die vielen Dörfer südlich und östlich von Rahnsburg liegen weit entfernt von Holzau. Wenn auch ein

Krankenwagen vorhanden ist und ziemlich schnell gerufen werden kann, so vergeht doch oftmals kostbare Zeit. Auch heute wieder. Wäre die junge Frau eine halbe Stunde früher operiert worden, so wäre es vielleicht möglich gewesen, sie am Leben zu erhalten. Aber der weite Weg bis Holzau – – Es ist schlimm!"

„Lieber, guter Claus, du trägst die Sorgen anderer mit. Sie müßten uns nach Rahnsburg eine Klinik legen."

„Es würde sich lohnen. Wir müßten in Rahnsburg eine chirurgische Klinik haben."

„Nun bist du traurig, daß die Frau starb?"

„Ja, Pucki."

„Du wirst mir sagen, wo sie wohnte, und ich werde hingehen und den Kindern ein wenig beistehen."

„Du gute, liebe Pucki, die Frau wohnte in Fliskow. Du würdest viel Zeit verlieren. Außerdem hast du deinen eigenen Haushalt. Man wird sich der verwaisten Kinder natürlich annehmen, aber keiner vermag, den Kindern die Mutter zu ersetzen."

„So will ich in Fliskow herumhören, ob nicht jemand da ist, der gründlich helfen kann. Sobald du Zeit hast, fahren wir einmal hin."

Dieser Plan wurde schon am übernächsten Tage ausgeführt, und Pucki lernte den Jammer eines verzweifelten Mannes kennen, der seine Frau verloren hatte. Claus freute sich über seine junge Gattin, die umsichtig versuchte, in der augenblicklichen Ratlosigkeit zu helfen. Sie machte im Dorfe verschiedene Wege und fand auch eine Anzahl hilfsbereiter Menschen.

„Claus, wenn wir doch schon unser vieles Geld hätten! Ich würde den Leuten eine größere Summe zur Verfügung stellen, das täte gut."

„Auf dieses Geld brauchst du nicht mehr lange zu warten, Pucki. Die Sache ist in Ordnung, wir können einen großen Teil der Erbschaft Ende der Woche bei der Bank abheben. Das andere Geld liegt in Papieren fest, die natürlich zu verkaufen wären. Wenn meine Pucki ein ganz törichtes Frauchen ist, zähle ich ihr in Kürze bare dreißigtausend Mark in den Schoß."

Ihr Gesicht strahlte. „Das wäre wunderschön, Claus! Ich denke es mir herrlich, einmal mit beiden Händen im Gelde zu wühlen. – Aber, wir wollen die Papiere ruhig liegenlassen, denn dann bekommen wir mehr Zinsen. So wird es langsam immer mehr."

„Ich gebe dir drei volle Tage Zeit, kleine Pucki, dir selbst zu überlegen, was wir am besten mit den dreißigtausend Mark anfangen könnten. Du kannst mir deine Pläne sagen, denn ich möchte einmal wissen, was in der Seele meiner lieben Pucki vorgeht, wenn sie plötzlich meint, eine reiche Frau zu sein."

„Claus, ich merke schon, du willst mich auf die Probe stellen. Sage du zuerst, was du mit dem Gelde anfangen würdest. Ich werde wahrscheinlich damit einverstanden sein."

„Nein, Pucki. Wie ich mir die Verwendung denke, sage ich dir erst, wenn du mir dein Herz geöffnet hast. Wir wollen daraufhin gemeinsam überlegen, wer das Beste und Richtigste fand."

„Drei Tage lang soll ich mir den Kopf zergrübeln? Ach, Claus, ich werde tausend Vorschläge haben. Aber du sollst sehen, daß deine Frau nicht mehr so dumm und unüberlegt ist wie vor Weihnachten. Ich glaube, daß dir meine Vorschläge gefallen werden, und du kannst wieder einmal stolz auf mich sein wie damals, als ich durch meine Unerschrockenheit die Kinder aus dem brennenden Theater rettete. Damals sagtest du zu mir: ›Pucki, ich bin stolz auf dich!‹ – Claus, wirst du das wieder sagen, wenn ich einen recht schönen Plan entwickele, wie wir das furchtbar viele Geld nutzbringend anlegen können?"

„Das will ich sehr gerne sagen, liebe Frau. Ich hoffe, daß wir am Sonnabend nicht gestört werden. Dann setzen wir uns gemütlich zusammen, und jeder teilt seine Pläne über die Verwendung unseres Vermögens mit."

Von nun an überlegte Pucki zu jeder Stunde. Was war wohl das Richtigste? Sie wollte überall herumfragen, denn: – viele Köpfe, viele Sinne. Vielleicht erfuhr sie so einen hervorragenden Gedanken, mit dem sie am Sonnabendabend vor Claus hintreten konnte.

„Ein bißchen Geld muß freilich für unser Vergnügen abfallen", überlegte sie. „Eine kleine Reise muß herausspringen, ein bißchen nett will ich mich auch anziehen. Dann trinken wir jeden Mittag eine Flasche Wein, Karlchen bekommt einen neuen Mantel, so wie es sich für einen Jungen ziemt, dessen Eltern dreißigtausend Mark Vermögen haben."

Eine Stunde später dachte die junge Frau an eine Villa. Ein eigenes Haus, wie es Carmen hatte und wie es Eberhard bekam, wäre doch herrlich. Auf dem Nachmittagsspaziergang mit Karlchen betrachtete sie aufmerksam die neuen Villen, die in Rahnsburg erbaut worden waren.

„Karlchen", sagte sie, „wir werden eine fertige Villa kaufen. Für so viel Geld bekommen wir ein schönes Haus!"

Ein Eigenheim war ganz gewiß kein törichter Gedanke! Vielleicht aber wußte Rose Teck etwas Besseres. Auf dem Heimwege traf Pucki noch die Gattin des Apothekers von Rahnsburg. Im Laufe des Gespräches fragte sie sie: „Wenn Sie heute dreißigtausend Mark bekämen, was würden Sie damit tun?"

Die Gefragte meinte, es sei wohl eine Scherzfrage, dann aber antwortete sie ernsthaft: „Ich würde das Geld auf Hypotheken geben, natürlich nur zur ersten Stelle. Das ist sicher."

Zu den Plaudernden gesellte sich gar bald eine dritte Dame, die Frau eines Kaufmannes, die sich eifrig an dem Gespräch beteiligte.

„Mein Mann würde sofort als Teilhaber irgendwo eintreten", sagte sie. „Ein gutgehendes Unternehmen bringt mehr als die üblichen Hypothekenzinsen. Manch einer hat eine Einlage von zehntausend Mark im Laufe eines Jahres verdoppelt. Ich kann Ihnen da allerlei Beweise geben."

Pucki überlegte lange, was sie gehört hatte. Das waren zwei Vorschläge, die bestimmt nicht dumm waren. Eine Hypothek, aber nur zur ersten Stelle, oder eine Teilhaberschaft, bei der man das Geld im Laufe eines Jahres verdoppelte. – Was würde Rose ihr wohl raten?"

Der nächste Tag brachte Rose den Besuch Puckis.

„Du hast einen gesunden Verstand, liebe Rose, jetzt rate mir gut. Wenn ich dir dreißigtausend Mark auf den Tisch legte – was würdest du mit dem Gelde beginnen?"

„Ach, Pucki, es legt mir keiner dreißigtausend Mark auf den Tisch."

„Baue doch einmal ein Luftschloß, Rose, und überlege. – Was würdest du tun?“

„Dann kaufte mein Mann eine größere Landwirtschaft, oder wir kauften drüben die Äcker und das Stück Wald. Das wäre schön, doch geht es auch so.“

Pucki schüttelte den Kopf. Mit Acker und Wald konnte sie nichts anfangen. Wieder bestürmte sie die Freundin, ihr etwas Besseres zu sagen, aber Rose blieb dabei, daß Landbesitz das Richtigste wäre, denn er trage tausendfache Frucht.

So war Pucki auch am zweiten Tage ihres Überlegens noch nicht viel weiter gekommen. Ob sie einmal zu Fräulein Caspari ging, der einstigen Lehrerin, die bei ihrer Schwester, der jetzigen Frau Wallner, wohnte? Herr Wallner war ein umsichtiger Geschäftsmann gewesen, der würde ihr auch raten können.

Ja, wenn ihr einer raten konnte, war es sicher der früher so griesgrämliche Herr Wallner. Er hatte einmal ganz klein angefangen und aus dem Unternehmen eine bedeutende Tischlerei gemacht. Er wohnte nicht weit ab, sie konnte rasch hinübergehen, während Karlchen schlief, um sich einen Rat zu holen.

Eine halbe Stunde später war Pucki dort und stellte wieder die gleiche Frage: „Was macht man mit soviel Geld, Herr Wallner? Ich wende mich mit dieser Frage besonders an Sie, weil Sie ein erfahrener Geschäftsmann sind.“

„Haben Sie überhaupt dreißigtausend Mark?“

Da Pucki von Claus gebeten worden war, nicht eher über die Erbschaft zu reden, als bis alles erledigt sei, sagte sie ausweichend: „Man kann sich doch einmal vorstellen, man hätte dieses Geld. – Herr Wallner, was würden Sie damit anfangen?“

„Wenn man das Geld noch nicht hat, braucht man auch nicht zu überlegen, was man damit machen soll.“

„Sie haben recht, Herr Wallner, aber ich möchte zu gern, daß Sie einmal darüber nachdenken – –“

„Und ich frage Sie zum dritten Male: Haben Sie das Geld?“

„Aber Liebling“, sagte seine schon etwas ältere Gattin zärtlich, „gib doch Pucki eine Antwort. – Wahrscheinlich ist es eine Scherzfrage.“

„Wenn man das Geld nicht hat, braucht man nicht zu überlegen. Es ist viel Unheil dadurch in die Welt gekommen, daß man von unerreichbaren Dingen redete. – Ich verweigere eine Auskunft!“

„Na ja“, sagte Pucki schnippisch, „ich hätte es mir denken können, daß ich hier keinen Rat bekommen würde. – Nun muß ich heim.“

Fräulein Caspari und ihre Schwester baten Pucki zwar, sie möge noch bleiben, aber Pucki ging zur Tür und legte die Hand auf die Klinke. Dann wandte sie sich nochmals um: „Auf Wiedersehen! – Aber sagen will ich Ihnen doch zum Schluß, Herr Wallner: ich habe die dreißigtausend Mark. Wir haben dreißigtausend Mark geerbt, und es wird kein Unheil in die Welt kommen! Wir werden das Geld schon zweckmäßig verwenden.“

Sie wollte gehen, aber da hielt sie der alte Herr an den Schultern zurück. Überraschend schnell war er aufgesprungen und zu Pucki getreten. „So – Sie haben das Geld? Das ist ja eine nette

Wirtschaft! – Dreißigtausend Mark steckt sich das Mädchen wahrscheinlich in den Strumpf und will nun wissen, was sie damit beginnen soll. – Häh – im Strumpf stecken lassen, oben mit einem Strick fest zubinden, den Strumpf in die Bettlade legen und dann überall erzählen, daß man auf dreißigtausend Mark liegt. Ich wünsche Ihnen den Einbrecher, der Ihnen diesen Strumpf stiehlt. – Das gönne ich Ihnen!"

„Aber Liebling – warum bist du heute so ärgerlich?"

„Steckt dreißigtausend Mark in den Strumpf – –"

„Das tue ich ja gar nicht, Herr Wallner! So dumm bin ich nicht! – Ich überlege nur noch, ob ich das Geld auf erste Hypothek gebe oder – ob ich mich an einem Unternehmen beteiligen soll. – Danke bestens, Ihren Rat brauche ich nicht mehr!"

„Bleiben Sie mal gefälligst hier, kleine Frau."

„Nein", erwiderte Pucki kurz. „Heute haben Sie wieder die Eisenacher Laune, und die habe ich lange genug zu kosten bekommen. Ich dachte, der Aufenthalt in Rahnsburg würde Ihnen besser bekommen sein. – Auf Wiedersehen!"

Dann eilte sie davon. Im geheimen bedauerte sie ihre einstige Lehrerin und deren Schwester, die gezwungen waren, mit diesem Griesgram zusammen zu leben.

Emilie kam ihr schon an der Tür entgegen mit dem Bemerken, daß der Herr Oberförster gekommen sei. Er habe zwar wenig Zeit, wollte aber doch kommen, um Pucki und Karlchen zu sehen. Die junge Frau klatschte hocherfreut in die Hände. Wozu das Herumfragen bei Fremden, wenn einer da war, der ihr bestimmt die rechte Auskunft geben konnte. Außerdem wußte der Schwiegervater um die Erbschaft, sie konnte also ganz offen mit ihm reden. Er würde ihr am besten raten, er würde das Richtige treffen. Was er ihr riet, würde sie heute abend ihrem lieben Claus als ihre eigene Meinung auftischen.

Der Oberförster spielte mit Karlchen. Herzlich begrüßte er seine Schwiegertochter.

„Dich hat der Himmel gesandt, lieber, lieber Vater! Ich brauche einen Ratgeber!"

Der Oberförster griff mit beiden Händen in sein volles, graues Haar. „Pucki, was ist schon wieder los? Nimmst du Gesangsunterricht? Wirst du eine Sängerin?"

„Aber Vater, willst du dich über mich lustig machen?"

„Na, komm her, mein liebes Döchting, bist ja doch meine Beste! – Also was soll ich dir raten?"

„Du mußt jetzt ganz ernst sein, Vater, es handelt sich um eine wichtige Angelegenheit. Du weißt, wir bekommen in wenigen Tagen die Erbschaft ausgezahlt. Jetzt fragt mich Claus, was wir mit dem vielen Gelde machen sollen."

„Das sollst du bestimmen?" fragte Herr Gregor ungläubig.

„Ich weiß genau, daß er mich damit auf die Probe stellen will. Ich will ihm also den Beweis erbringen, daß ich eine gescheite Frau bin. Darum – –"

„Soll ich dir raten?"

„Ja, Vater. Claus braucht nicht zu wissen, daß du mit mir darüber gesprochen hast."

„Nun, Pucki, da wollen wir gleich mal überlegen. – Wir backen jeden Tag Waffeln, die ißt du doch so gerne."

„Weiß schon, Vater, daß du gern ein Späßchen mit mir machst. Aber heute wollen wir kein Jägerlatein reden, heute soll der Vater ernst zu seiner Tochter reden, er soll ihr einen wertvollen Rat fürs ganze Leben geben. – Bitte, rate mir ernsthaft!"

„Meinst du nicht, kleine Pucki, daß Claus schon weiß, wie er das Geld anlegen soll?"

„Freilich, Vater, er weiß es schon. – Ich aber soll auch etwas wissen. – – Ich möchte ihm furchtbar gern einen wirklich guten Vorschlag machen."

„Ja, da müssen wir einmal angestrengt nachdenken."

„Eine Hypothek, aber nur auf erste Stelle?" fragte Pucki.

„Gut, sehr gut!"

„Oder eine Beteiligung an einem Unternehmen, bei der sich das Kapital bald verdoppelt – –?"

„Auch nicht schlecht, kleine Weisheit! Wenn Claus an einem Sanatorium oder an einer Klinik Teilhaber würde – –"

„Eine schöne Villa mit wertvoller Einrichtung – –"

„Was noch, Pucki?"

„Jetzt rate du. Sage mir ehrlich, was würdest du tun, wenn dir jetzt dreißigtausend Mark in den Schoß fielen?"

„In meinem Fall wüßte ich schon, was ich damit täte."

„Bitte, sage es schnell!"

„Das paßt nicht für dich, Pucki. Es kommt immer darauf an, ob der Mensch alt oder jung ist, ob er nach einer Existenz sucht – –"

„Es kommt jetzt nur darauf an, lieber Vater, daß ich erfahre, was ein erfahrener Mann, der das Leben nach jeder Richtung hin kennt, mit dreißigtausend Mark anfängt. – Also, was würdest du tun?"

„Ich zähle erst einmal nach, wieviel Kinder ich habe. Dann teile ich das Geld in ebenso viele Teile und gebe jedem seinen Teil. Meine Kinder sind jung, sie wollen weiterkommen und können sich vielleicht mit diesem Zuschuß ihr Weiterkommen erleichtern."

Pucki schwieg eine Weile, dann sagte sie: „Schade, daß du nicht auch dreißigtausend Mark bekommen hast, das wäre fein. – Du meinst also, man sollte das Geld auf die Sparkasse legen und abwarten, unter wieviel Kinder ich es einmal zu teilen habe?"

„Nicht doch, Pucki! Du fragtest mich, was ich alter Mann, der mit seinem Ruhegehalt ausreicht, mit der Erbschaft anfangen würde. Bei dir ist es natürlich anders."

„Nein, Vater, es ist nicht anders! Dein Plan gefällt mir recht gut. Es wird immer wieder gemahnt, sparsam zu sein. Es heißt auch, es sei gut und richtig, wenn man einen Notgroschen auf der Sparkasse hat. Ich werde auch diesen Vorschlag Claus unterbreiten."

„Ich glaube, ich brauche mir darüber keine Sorgen zu machen, Pucki. Die dreißigtausend Mark werden schon richtig angelegt werden."

„Hast recht, Vater, heute abend wird es beschlossen!"

Trotzdem überlegte die junge Frau bis zum Abend, ob ihr nicht noch etwas anderes einfallen würde.

„Eines ist sicher", sagte sie in der Küche zu Emilie, die natürlich auch gefragt worden war, „wir dürfen das Geld nicht in den

Strumpf stecken; das Geld muß arbeiten, und andere müssen etwas davon haben. Man soll nicht geizig sein! Ich kenne einen schönen Spruch, den werde ich bis an mein Lebensende beherzigen. Hören Sie mal zu, Emilie."

„Ich weiß schon: Geld verdirbt den Charakter."

„Nein, etwas Schöneres. Hören Sie:

Das Geld, der Reichtum treibt und bläht,
Hat mancherlei Gefahren,
Schon vielen hat's das Herz verdreht,
Die früher wacker waren."

„Das stimmt", sagte Emilie, „solche Leute habe ich auch einmal kennengelernt."

„Sie auch, Emilie?"

„Ich habe es nicht vergessen können. Mein Onkel wurde schwer krank und sollte ins Krankenhaus kommen. Wir hatten kein Geld. Meine Tante ist überall herumgelaufen, keiner borgte ihr etwas. – Damals war ich zehn Jahre alt, trotzdem habe ich mir alles gut gemerkt. Im Krankenhaus mußte im voraus bezahlt werden. Da wurde der Onkel immer kränker; schließlich ist er noch hingekommen, aber da war es schon zu spät, er hatte zu lange gewartet. Dann ist er gestorben."

Pucki rührte nachdenklich in dem Brei, der als Nachtessen für Karlchen bestimmt war. Dann saß das Kind auf ihrem Schoß und wurde von der Mutter sorgfältig gefüttert.

„Karlchen, kleiner, lieber Junge, deine Mutti gibt dir gutes Essen, sie legt dich schlafen und sorgt dafür, daß dir nichts geschieht. – Und in Fliskow sind drei kleine Kinder, die haben nun keine Mutti mehr. Sie starb, weil der Weg bis Holzau zu weit war. Ach, man müßte ein Auto haben, das nur dazu da ist, Schwerkranke schnell auf den Operationstisch zu bringen."

Karlchen aß mit großem Appetit.

Nein, ein Auto brauchte man nicht, denn es war längst vorhanden. – Nur der Weg bis Holzau war zu weit, wenn man in Fliskow wohnte. „Wenn Claus die arme Frau hier in seinem Hause hätte operieren können", überlegte Pucki. „Er ist doch Chirurg. – Manchmal geht es da um Minuten. Man müßte hier in Rahnsburg eine Klinik haben, und Claus müßte immer gleich zur Stelle sein, um operieren zu können, wenn es eilt."

Karlchen klopfte sich plötzlich mit beiden Händchen auf den Magen. Dieses Zeichen bedeutete für ihn, daß ihm der Brei sehr gut schmeckte.

„Schmeckt es dir so gut, mein süßer Bengel?" fragte Pucki ihren Jungen. Dann aber spann sie ihre Gedanken weiter. „Wie könnte man es einrichten, daß Claus in Rahnsburg operieren könnte, wenn eilige Fälle vorliegen? Man müßte auch alle die Leute aufnehmen, die kein Geld haben, wie der Onkel der Emilie. – Nur, womit soll man dann etwas verdienen?"

Das waren die Gedanken, die Pucki sehr beschäftigten. Beim Abendessen fragte Claus fröhlich: „Na, Pucki, weißt du schon, wie wir das Geld anlegen sollen?"

„Ich wälze einen Gedanken, Claus! Er ist kühn. – Ich bin noch nicht ganz zu Rande gekommen. Bitte, laß mir noch bis morgen Bedenkzeit. Du brauchst dir aber nicht einzubilden, daß ich noch nichts weiß. Ich weiß schon viel! Aber – vor wenigen Stunden kam mir noch ein neuer Gedanke, den muß ich erst genauer überlegen, ob überhaupt eine Möglichkeit besteht, ihn zu verwirklichen. Ich will dir nicht ein Stück Zucker versprechen, wenn ich dir das Stückchen später nicht geben kann."

„Pucki, ich bin aber furchtbar gespannt! Vielleicht wäre es gut und richtig, wenn wir deinen Gedanken gemeinsam weiterspinnen würden. Ich möchte heute abend schon einmal an diesem Zuckerstückchen lecken."

„Laß mir damit noch Zeit bis morgen. Gerade der Sonntag ist der geeignete Tag, um dir meinen großartigen Plan, der sich mehr und mehr verdichtet, zu enthüllen."

Claus gab schließlich nach. In dieser Nacht erstand in Puckis Kopf eine riesenhafte chirurgische Klinik in Rahnsburg. Damit erfüllte sich gewiß auch ein Herzenswunsch ihres geliebten Claus. Er konnte in Rahnsburg bleiben, an dem Ort, den er und auch sie so sehr liebten. Aber dreißigtausend Mark würden vielleicht nicht reichen. – Nun, dann fing man eben klein an, oder – sie machten Eberhard klar, daß es richtiger wäre, wenn er seine geerbten dreißigtausend Mark auf erste Hypothek in ihre Klinik nach Rahnsburg gäbe. – Das wollte sie mit dem Schwiegervater durchfechten!

Den Sonntag über tat Pucki recht geheimnisvoll. Das Leuchten in ihren Augen wurde jedoch immer heller. Sie hatte nur ein wenig Angst, ob Claus nicht in Lachen ausbrechen würde, wenn sie ihm ihren Plan enthüllte. Sie mußte sehr vorsichtig zu Werke gehen.

Am Abend saßen die Eheleute beisammen.

„Nun, kleine Frau, jetzt geht es los! Bilde dir ein, hier unter der Tischdecke liege das Geld. – Also, was machen wir damit?"

„Ich habe lange gegrübelt, Claus. Da kam mir zuerst der Gedanke, das Geld auf Hypothek zu geben, natürlich nur zur ersten Stelle. – Dann wäre auch eine Beteiligung an einem Unternehmen nicht übel. Man könnte schließlich auch den geerbten Betrag auf der Sparkasse liegenlassen, um ihn später zu gleichen Teilen unter unsere Kinder zu teilen. Wir werden dann alt sein, für die Kinder aber bedeutet das Geld eine Erleichterung bei ihrem Fortkommen. – Verkehrt wäre es, Brillanten oder Pelzwerk zu kaufen, Pelze – –"

„Wie sie Frau Elzabel trägt", sagte Claus lachend.

„Ja! Sie denkt nur an ihre Schönheit. – Ich habe mir nun noch weiter den Kopf zerbrochen. Das Geld dürfen wir nicht in den Strumpf stecken. – Ach, Claus, du hättest sehen sollen, wie wütend der Großpapa Wallner wurde, als ich ihn fragte!"

„Großpapa Wallner?"

„Ja, Claus, er hätte mich am liebsten gefressen."

„Hast du ihn um Rat gefragt?"

„Den und noch viele andere, Claus! – Ach so – ja, Claus, ich wollte doch auch andere Meinungen hören. Ich dachte, andere Leute wissen besser mit Geldgeschäften Bescheid. Aber – ich habe auch eigene Gedanken."

„Welcher der vielen Vorschläge ist nun von dir, Pucki?"

„Meinen Vorschlag habe ich noch nicht genannt", klang es leise.

„Dann mal los, Pucki! Es will mir auch gar nicht in den Sinn, wie du auf eine erste Hypothek verfallen konntest."

„Ach, Claus", sie barg den Kopf an seiner Schulter, „jetzt mußt du nicht lachen, wenn ich dir sage, was erst noch ein Traumbild ist. Vielleicht könnte es aber doch zu einer festen Gestalt werden. – Sieh mal, Claus, unser Junge hat seine Eltern, aber die Leute, die da hinten in Fliskow wohnen – – Ach, Claus, wirst du mich auch nicht auslachen?"

„Sprich ruhig weiter, Pucki."

„Du bist so gerne Chirurg und möchtest so gerne in Rahnsburg bleiben. Wenn wir nun mit einer ganz kleinen Klinik anfingen – nur sechs bis acht Zimmer? – Du bist der Chirurg, und die Leute aus den umliegenden Dörfern und aus Rahnsburg selbst brauchten nicht erst bis zum Kreiskrankenhaus. Jene Frau in Fliskow wäre nicht gestorben, wenn du hier eine Klinik gehabt hättest. – Claus, ginge das nicht?"

Sein Arm legte sich fester um Pucki. „Von wem stammt dieser Vorschlag, Pucki? Wer hat dir dazu geraten?"

„Keiner, ich selbst habe ihn ausgedacht. – Ach Claus, er ist wohl sehr dumm. Es geht wohl nicht?"

„Ganz aus dir selbst heraus ist dir dieser Gedanke gekommen? Pucki, wir wollen das Geld nehmen, um damit anderen zu helfen, um zu verhüten, daß abermals ein so trauriger Fall eintritt wie kürzlich bei Wenzels?"

Pucki nickte. Dann hob sie zögernd den Kopf und schaute den Gatten an. Ihre Augen blieben an seinem strahlenden Gesicht hängen. Ein Weilchen sprachen sie nichts, dann zog er seine Frau innig an sich.

„Pucki, kleine, gute Pucki, ich bin wieder einmal sehr stolz auf dich!"

„Ach – Claus“, rief sie glücklich.

„Gute, prächtige Frau!“

„Das ist schön, Claus! – Das gefällt mir! Ja, manchmal habe ich auch vernünftige Gedanken. – So, und nun sage mir deinen Plan, ich werde ihn prüfen.“

„Pucki, ich habe mir ganz das gleiche gewünscht wie du. Eine kleine chirurgische Klinik in Rahnsburg, der man später ein Entbindungsheim angliedern könnte.“

„Das hast du auch gedacht, Claus?“

„Ja, kleine liebe Frau, heute sind wir einmal ganz einig!“

Sie machte ein siegessicheres Gesicht. „Ich freue mich furchtbar über deine Anerkennung! Jetzt endlich mußt du doch einsehen, daß ich eine kluge, verständige Frau bin.“

„Ja, Pucki“, sagte er herzlich lachend, „du bist meine kluge, liebe Frau!“

Tante Huspik

„Wieder ein Schritt vorwärts!“ Das waren die Worte, mit denen Pucki den Bericht ihres Gatten entgegennahm, wenn er über die Verwirklichung seiner Pläne sprach. Sie hatte sich die Errichtung der Klinik ganz einfach gedacht: Es wurde ein Haus gebaut – Baugelder gab es genug – und dann begann Claus in diesem Hause mit seiner Praxis. Die Patienten würden sich schon einstellen. Sie gönnte plötzlich dem zweiten Rahnsburger Arzt, Doktor Ucker, alle leichteren Krankheitsfälle. Für ihren Claus sollten alle schwierigen Fälle bleiben, große Operationen, die ja erheblich mehr Geld einbrachten als die Behandlung einer verstauchten Zehe oder eines schlimmen Fingers.

„Wenn uns das Glück hold ist, Claus, bekommen wir einmal in unsere Klinik einen Millionär. Wenn er dann seine Rechnung bezahlt, können wir eine Hypothek oder sonst eine Schuld abstoßen."

„Wie sollte ein Millionär nach Rahnsburg kommen, Pucki?"

„Sehr einfach – durch Eberhards Braut. Sie ist eine Amerikanerin und hat schwerreiche Eltern, sie muß etwas für uns tun. Genug Amerikaner reisen in Deutschland umher. Wenn sie erst wissen, daß in Rahnsburg ein so guter Chirurg wohnt, werden sie schon kommen. Alles ist Glückszufall!"

„Du kannst ja einmal mit Mary darüber reden. Die Eltern erwarten sie jeden Tag in Rotenburg; sie werden gewiß einmal zu uns herüberkommen. Eberhard wird uns seine Braut ganz bestimmt vorstellen."

„Claus, ich habe ein wenig Angst vor ihr."

„Aber warum denn nur?"

„Sie ist schwerreich, und reiche Leute – –. Ach, Claus, du weißt ja, was ich meine."

„Ich glaube, daß Mary anders geartet ist als Frau Elzabel."

„Na, Reichtum wirkt oft ungünstig auf die Menschen ein."

„Nach der Beschreibung Eberhards bist du sehr im Irrtum, Pucki."

„Eberhard ist ihr Bräutigam, und er ist verliebt, er sieht das nicht. Außerdem ist er jetzt auch reich, das wird ihm zu Kopf gestiegen sein."

Claus räusperte sich vernehmbar und lächelte.

„Kannst es schon glauben“, sagte Pucki wichtig. „Es ist doch nichts Wunderbares, wenn ein Mann, der von heute auf morgen dreißigtausend Mark bekommt, ein wenig närrisch wird.“

„Und dein Claus? Er hat auch dreißigtausend Mark bekommen.“

„Ach – du! – Du bist ganz anders! Eberhard hätte uns wirklich von seiner Erbschaft etwas abgeben können, damit wir keine Schwierigkeiten beim Einrichten der Klinik haben.“

„Aber Pucki! Im übrigen glaube ich, sind die pekuniären Schwierigkeiten lange nicht so groß, wie du sie dir vorstellst. Wir beginnen ganz bescheiden. Wir müssen natürlich Umbauten vornehmen – –“

„Umbauten? – Claus, bauen wir nicht neu?“

„Ich glaube – nein. Ich habe mir schon zweimal das neue Haus in der Pappelallee angesehen. Du kennst es, es hat ein flaches Dach und große vierteilige Fenster. Der Besitzer, der es vor zwei Jahren errichten ließ, will es wieder verkaufen. Dieses Haus dürfte sich gut für meine Zwecke eignen.“

„Ich habe eigentlich an einen weißen Sandsteinbau gedacht, mit einem Säuleneingang und einem kleinen Türmchen an jeder Hausecke – –“

„Dieses Haus ist wieder eins deiner Luftschlösser, Pucki!“

„Ich habe noch eine Bitte an dich, Claus. Der Name Pucki, den ich schon mehr als zwanzig Jahre mit mir herumschleppe, ist gewiß für ein Kind, für ein junges Mädchen, für eine Braut oder auch noch für eine ganz junge Frau sehr nett, aber es geht nun nicht länger, Claus, daß du die Ehefrau eines angesehenen Arztes immer Pucki nennst. Ich heiße Hedwig. – Hedi nannte man mich mitunter, aber auch dieser Name ist –“

„Auch kein Name für eine würdige, vernünftige Frau. Also, wie wünschest du in Zukunft genannt zu werden?“

„Nur ganz schlicht ›Hedwig‹. Hedwiga klingt wohl schöner, aber ich habe so verdrehte Namen bei Frau Elzabel dumm gefunden. So soll es bei Hedwig bleiben. Nun bitte ich dich, Claus, schon von heute an das Wort Pucki aus deinem Gedächtnis zu streichen, denn Karlchen ruft mich auch schon Pucki. – Willst du mir den Gefallen tun?“

„Ich will es versuchen, Pucki.“

„Hedwig, bitte! Wenn nun gar noch Eberhard mit seiner Dollarbraut zu uns kommt, und sie hört den Namen Pucki, Claus – ich möchte es nicht. Du hast mich lange genug Pucki genannt. Es wird dich auch in meinen Worten und Handlungen künftig nichts mehr an die bisherige Pucki erinnern. Von nun an bin ich Hedwig.“

„Es wird mir sehr schwerfallen, Hedwig.“

„Nur in den ersten Wochen. Bis wir die Klinik haben, hast du umgelernt.“

„Also gut, Pucki!“

„Ach, Claus – –“

„Entschuldige, kleine liebe Pucki, ich muß mich erst an Hedwig gewöhnen. Nun, ich werde mir Mühe geben. Doch nun muß ich fort!“

Noch am selben Abend kam aus Rotenburg ein Anruf durch den Fernsprecher, daß Eberhard und seine Braut bei den Eltern eingetroffen seien und wahrscheinlich schon morgen oder übermorgen einen kurzen Besuch in Rahnsburg machen würden.

Claus sagte freudig zu. „Kommt recht bald, wir freuen uns sehr!"

Pucki sollte sogleich von dem bevorstehenden Besuch erfahren. Richtig, nicht Pucki – Frau Hedwig! Er machte die Tür auf und rief fröhlich:

„Hedwig! – Hedwig!"

Pucki stand gerade in der Küche, neben ihr Emilie.

„Hedwig!"

„Der Herr Doktor ruft Sie", sagte Pucki zu Emilie. Sie hatte nur den Klang im Ohr, ihre Gedanken weilten bei der neuen Klinik.

„Nein, der Herr Doktor ruft Sie, Frau Doktor."

„Hedwig – Hedwig!" klang es wieder.

Puckis Gesicht färbte sich dunkelrot. Rasch lief sie hinaus in den Flur, um Claus zu fragen, was er wünsche. Niemals durfte er erfahren, wie fremd ihr der eigene Name im Ohr klang.

Claus erzählte ihr von dem bevorstehenden Besuch. „Sie kommen schon? Ich habe noch nichts vorbereitet", sagte Pucki, „und die Wohnung muß auch erst in Ordnung gebracht werden."

„Die Wohnung ist doch wunderbar sauber."

„Davon verstehst du nichts, Claus", sagte Pucki.

„Wir werden Mary sehr nett aufnehmen –"

„Selbstverständlich, Claus, sie ist ja unsere Schwägerin."

Sie gab ihm einen zärtlichen Klaps und eilte davon.

Am anderen Morgen wurde die Wohnung, obwohl sie peinlich sauber war, noch einmal sorgfältig aufgeräumt. Dann nahm Pucki Karlchen zur Seite. „Heute kommt ein lieber Onkel und eine gute Tante, der gibst du schön das Händchen. Hörst du, Karlchen!"

„Tante, Tante! Mama, Pucki! – Pucki!" schrie Karlchen.

„Ich bin deine Mama. Wenn du Pucki sagst, gibt es was auf die Händchen."

Karlchen machte ein pfiffiges Gesicht, blies die Bäckchen auf, lachte lustig und rief vergnügt: „Pucki – Pucki – Pucki!"

„Das mußt du nicht sagen. Ich will dir später die schöne Geschichte von Pucki und Mucki erzählen, von den beiden unartigen Kindern der Waldfrau, aber erst muß ich noch arbeiten!"

Am Vormittag wartete man vergeblich auf den Besuch, und als auch bis vier Uhr noch kein Wagen kam, der die Erwarteten brachte, tranken die Eheleute allein den Nachmittagskaffee. Claus ging dann wieder hinüber, denn seine Sprechstunde begann.

Karlchen bedrängte die Mutter: „Erzählen von Pucki!"

Sie nahm den Knaben auf den Schoß. Die Kindheit stieg vor ihr auf. Einst hatte ihr der Vater das Märchen erzählt, als sie ein kleines Mädchen war. Er sagte dabei, sein Töchterchen Hedi wäre die Waldpucki, deswegen habe sie diesen Namen bekommen.

„Erzählen – erzählen", drängte Karlchen.

„Also: In einem großen grünen Walde lebte die Waldfrau. Sie hatte zwei Kinder, die beide recht unartig waren. Da fürchtete die Mutter, daß ihre Kinder um so schlimmer würden, je größer sie wurden. Darum ließ sie die Kinder nicht wachsen. Sie blieben so klein, daß sie wie Eichhörnchen auf den Ästen der Bäume herumspazieren konnten. Diese Kinder hießen Pucki und Mucki. Mucki hatte ein großes Horn mitten auf der Stirn, denn Mucki war ganz besonders eigensinnig und hatte gar viele Mucken im Kopf. Das Horn hieß darum das Muckenhorn. – Karlchen, du hast auch mitunter Mucken."

Da faßte der Knabe nach seiner Stirn: „Kein Horn", sagte er. „Will kein Horn!"

„Dann sei immer artig. – Aber höre weiter: Mucki und Pucki, die beiden Waldkinder, tanzten alltäglich auf den Zweigen der Bäume umher, warfen die Menschen, die unten vorüberkamen, mit Kienäpfeln und Eicheln und ärgerten jeden Spaziergänger. Das waren Mucki und Pucki, die bösen Kinder der Waldfrau."

„Nochmal erzählen!"

Pucki wollte erst nicht, doch Karlchen bat so niedlich, daß sie von neuem begann.

Im Sprechzimmer des Gatten stand währenddessen Eberhard mit seiner Braut. Es war gerade niemand im Wartezimmer gewesen, als sie ankamen. Da hatten sie es wie die Patienten gemacht. Nun begrüßten sich die Brüder herzlich. Miß Mary Baeker war eine schlanke, nicht zu große Dame mit schönen braunen Augen und einem klugen Gesicht. Sie wirkte außerordentlich sympathisch, so daß Claus für seine künftige Schwägerin vom ersten Augenblick an herzliche Zuneigung faßte.

„Wir wollen sogleich hinübergehen. Meine Frau freut sich sehr auf euch."

In diesem Augenblick erschien ein Patient.

„Laß dich nicht stören, Claus“, sagte Eberhard, „ich kenne mich aus. Wir werden uns behutsam hinüber zu Pucki schleichen und sie überraschen.“

„Ich denke, ich komme bald nach.“

Leise betraten beide das Eßzimmer. Aus dem Nebenzimmer hörten sie die Stimme der jungen Frau. Eberhard wollte sogleich weitergehen, da hielt ihn Mary zurück.

„Oh, hörre, was sie sagt!“

„Ach, sie erzählt die Geschichte von Mucki und Pucki. – Pucki wird meine Schwägerin genannt, da sie schon als Kind viel Lust zu tollen Streichen hatte, genau so wie das Kind der Waldfrau.“

„Oh, viel niedlich!“

Im Nebenzimmer erhob Pucki gerade ihre Stimme: „Aber Mucki und Pucki warfen die Vorübergehenden mit Kienäpfeln. Es waren zwei böse, unartige Kinder, die die Menschen ärgerten und ihre Freude daran hatten.“

Eberhard stieß die Tür auf. „Da sind wir, Pucki!“

Rasch setzte die junge Frau den Knaben auf den Teppich. Ihre Blicke gingen über die Schwägerin hin. Pucki sah sofort: Das war ein liebes, freundliches Mädchen mit einem warmen Blick.

„Willkommen, Pucki! – Oh, eine sehr schöne Name, Pucki. – Ich will sein Mucki. Wollen immer zusammenhalten wie der Mucki und der Pucki? – Ist das Kind von ihr?“

„Herzlich willkommen, liebe Schwägerin und lieber Eberhard! – Ja, das ist mein Junge. Karlchen, gib der Tante die Hand.“

„Pucki – Pucki!“ schrie der kleine Junge.

„Nein, Karlchen, das ist deine neue Tante."

Mary kauerte sich nieder. „Good day, little boy! Do you speak english?"

„Huspik – Huspik!" rief Karlchen, dem nur das „you speak" im Ohr haften geblieben war.

„Das ist eine sehr liebe Tante, Karlchen, das ist Tante Mary."

Karlchen betrachtete das junge Mädchen forschend, dann rief er lachend wieder:

„Huspik – – Huspik – – Tante Huspik!"

Mary lachte hell auf. „Oh, eine schöne Spaß. – Boy, ich sein Tante Huspik! Immer deine Tante Huspik!"

Die Freundschaft zwischen Mary und Karlchen war rasch geschlossen.

„Oh, ich dir kaufe schöne Sachen, little boy, aus Amerika. – Oh, meine Vater soll bringen mir eine ganze Koffer voll Spielsachen für dich!"

„Ich will rasch den Kaffee bereiten", sagte Pucki.

„Wird dankend angenommen", sagte Eberhard. „Wir haben uns viel zu erzählen. Aber schmeiß den Bengel 'raus – –"

„Oh no", wehrte Mary ab, „süßer Boy bleibt auf mir sitzen."

Karlchen war es zufrieden. Mary ließ ihn mit der goldenen Armbanduhr spielen und die Handtasche auskramen, in der Karlchen allerlei Sächelchen fand. Sie öffnete ihm willig die Puderdose und hatte ihre Freude an dem Übermut des Kindes.

Gemütlich saß man dann beim Kaffeetisch, und Pucki fragte nach Marys Angehörigen.

„Die Eltern kommen auch her, wenn ich heirate und machen mein Haus schön. Meine sister kann nicht – sie flickt.“

„Sie flickt?“

„Immerzu. – Flickt um die Wette mit eine Mann. Einer immer schneller als die andere.“

Eberhard lachte. „Flickt wohl Hosen“, sagte er.

Pucki schaute fragend von einem zum anderen. „Was flickt sie“, forschte sie endlich.

Mary machte mit der Hand eine Bewegung zum Himmel. „Da oben flickt sie. Hat ein eigenes – Luftschiff.“

Nun war Pucki im Bilde. „Ach – – sie fliegt“, sagte sie gedehnt, „ich hatte wirklich nicht verstanden. Ich werde keine Zeit zum Fliegen haben, ich fahre zwar Auto, aber – wir wollen uns jetzt eine eigene chirurgische Klinik einrichten. Mein Mann hat dreißigtausend Mark geerbt, die können wir nicht besser anlegen als in einem Werk der Nächstenliebe. Hätte mein Mann das Doppelte geerbt, so würde es schneller mit dem Aufbau gehen.“ Bei diesen Worten streifte Pucki das Gesicht des Schwagers.

„Warum geht es nicht schnell?“

„Weil wir nicht genügend Geld haben. Wir müssen alles erst verdienen. Wir fangen ohnehin mit Schulden an – –“

„Oh no, Schulden ist schlimm.“

„Ja, Schulden sind sehr schlimm“, seufzte Pucki. „Es ist eben keiner da, der uns Geld geben und uns damit das Leben erleichtern könnte. Dabei würden wir gewiß alles abzahlen.“

„Aha", lachte Eberhard. „Pucki, ich sehe, du bist die alte geblieben. Wirfst nach wie vor mit Kienäpfeln nach den Menschen, um sie zu ärgern. – Also, wer soll das Geld geben?"

Karlchen, der sich unbeachtet glaubte, patschte mit der Hand auf den Tisch und rief laut: „Tante Huspik – Tante Huspik!"

„Ich soll gebben", lachte Mary, „der Boy will es so."

„Nein, o nein", wehrte Pucki ab, „ich habe nur ganz im allgemeinen gesprochen."

„Tante Huspik – Tante Huspik!"

„Er hat recht, der little boy – Ich werde schreiben an meine Vater. Meine Vater gibt immerfort Geld. Zu eine große Sporthalle, zu eine große Kaufhaus, warum soll er nicht geben zu eine große Krankenhaus."

Puckis Herz machte einige Freudenschläge, obgleich sie leises Bangen fühlte. Was würde Claus dazu sagen, wenn er hörte, wie sie sich betragen hatte? Aber Mary ließ nicht mehr nach.

„Soll werden eine wunderschöne Krankenhaus. – O ja, und wenn wir sind einmal krank, kommen wir her. Der Claus gefällt mir serr gut!"

Pucki wagte noch nicht, an solches Glück zu glauben.

„Wie soll die Krankenhaus werden? Eine ganz große Haus?"

„Wir wollen klein anfangen."

„O nix klein, immer ganz groß, wie drüben in Amerika."

Die Unterhaltung wurde immer lebhafter. Dann stand plötzlich Claus unter den Redenden und hörte kopfschüttelnd von den gewaltigen Plänen, die hier ausgeheckt wurden. Als Pucki ihn bemerkte, hing sie an seinem Halse. Sie wußte ja nicht, ob er sich freuen oder ob er zürnen würde, weil sie voreilig gewesen war.

„Nun, Hedwig?“

Jäh ließ sie die Arme sinken und wandte sich ab. Jetzt war es ihr klar, daß Claus ihr zürnte. Hedwig nannte er sie nur, wenn sie etwas ganz Schlimmes verbrochen hatte, wie damals, als das neue Auto von ihr verdorben worden war. Sie wagte nicht aufzusehen.

Mary redete immerfort auf Claus ein. Der lächelte wohl dazu, doch war es wohl nur ein Lächeln der Höflichkeit.

„Du sagst ja gar nichts, Hedwig?“

Wie sie dieses Wort schmerzte! Er zürnte ihr, er zürnte ihr wirklich, und sie wollte ihm doch nie mehr Gelegenheit zu einem Vorwurf geben. Was würde er ihr alles sagen, wenn sie wieder allein waren!

„Hast du keinen Likör für uns, liebe Hedwig?“

Rasch eilte sie ins Nebenzimmer und stand vor dem Likörschrank. Ihre Augen füllten sich mit Tränen. „Ich habe es nur gut gemeint. Ist es wirklich so schlimm, wenn reiche Leute zum Wohle der Menschheit Geld beisteuern?“ dachte sie.

Sie vergaß, daß man im Nebenzimmer auf den Likör wartete, bis sich plötzlich eine Hand auf ihre Schulter legte.

„Wo bleibst du denn?“

Es war Claus.

„Ach, Claus“, sagte sie aufatmend, „ich habe es nur gut gemeint, und nun zürnst du mir. Ich hatte nur ein wenig von dem Gelde angefangen, und schon war Mary bereit, das Geld von ihrem Vater zu erbitten. Sei mir nicht so furchtbar böse!“

„Ich bin dir ja nicht böse, Pucki."

Sie fuhr herum. „Du bist mir nicht böse? Warum redest du dann so streng mit mir?"

„Ich? – Aber liebe Pucki!"

„Hedwig nennst du mich immerfort, garstig und unfreundlich rufst du mich Hedwig. – Was habe ich denn Schlimmes getan?"

Jetzt begriff Claus. Er lachte laut auf. „Aber hochverehrte Frau Doktor Gregor, ich denke eine würdige Frau darf nicht mehr Pucki heißen! Wehe dem, der das Wort Pucki braucht! Es paßt nicht mehr für unsere Klinik. Schon jetzt will ich es mir abgewöhnen."

„Claus, ach Claus! – – Ja, du hast wirklich eine dumme Frau!"

„Also, Frau Hedwig, wie soll es nun werden?"

„Nenne mich wieder Pucki", bat sie, „ich will für dich bis an mein Lebensende Pucki bleiben. Aber erschrecke mich nicht wieder durch das Wort Hedwig."

„Gut, so wollen wir auf unsere Pucki fröhlich anstoßen. – Und nun komm, die anderen warten schon."

Erkenntnis

Für Karlchen gab es seit fünf Monaten viel Staunenswertes. Die kleine zappelnde Puppe, die er jeden Morgen und jeden Abend eingehend betrachtete, war sein Brüderchen Peter. Er war nun nicht mehr allein wie bisher, aber Karlchen konnte mit diesem Brüderchen noch nichts anfangen. Er stand aber mit großen Augen neben der Mutter, wenn Peter gebadet und dann neu gewickelt wurde. Daß das kleine Wesen auch einmal so groß werden würde wie er, wollte er nicht glauben. Doch bei der beständigen Versicherung der Mutti meinte er, es möge doch rascher gehen, damit er recht bald mit dem kleinen Peter spielen könne.

Mit Pucki war seit dem Eintreffen des zweiten Kindes äußerlich eine große Veränderung vorgegangen, die allen Verwandten und Bekannten sofort auffiel. Das übermütige Gesichtchen der jungen Frau war weicher geworden. Über ihrem ganzen Wesen lag eine frauliche Würde, die man bisher an ihr nicht kannte. Wenn Pucki mit Karlchen spielte, wenn sie mit Peter plauderte, der sie natürlich noch nicht verstand, lag in ihrer Stimme, in ihren Worten eine so tiefempfundene Glückseligkeit, daß Claus mitunter in der Arbeit innehielt und ihrer Stimme lauschte. Seine Frau erschien ihm in einem neuen Lichte. Sie war ohne Zweifel in wenigen Monaten reifer geworden. Wenn sie mit ihm sprach, saß ihr nicht immer der kecke Übermut auf der Zunge, der ihr den Namen Pucki eingetragen hatte. Und doch war sie seine Pucki geblieben, auch wenn sie noch weicher und anschmiegender als zuvor geworden war. Stolz und Zärtlichkeit empfand er für diese Frau, die mit treuer Fürsorge ihre beiden Kinder hütete und dem Haushalt vorstand.

Aber nicht nur das: Pucki nahm auch den regsten Anteil an dem Ausbau der Klinik. Als Peter im April seinen Einzug im Doktorhause gehalten hatte, war schon alles im Werden. Claus hatte das Haus in der Pappelallee gekauft, die Handwerker waren bestellt, und viele Hände regten sich von früh bis spät, damit die Klinik am ersten Oktober fertig würde. Für Pucki war es überraschend, daß Claus auf so wenig Schwierigkeiten stieß. Sie war der Meinung gewesen, daß die Ärzte des Krankenhauses in Holzau ihrem Manne Schwierigkeiten in den Weg legen würden, weil sie in ihm eine Konkurrenz fürchten konnten. Aber ganz das Gegenteil war der Fall gewesen! Man sprach Doktor Gregor allgemein offene Anerkennung aus, ja sogar Doktor Ucker aus Rahnsburg erklärte erfreut, daß er in der neuen Klinik etwas Gutes und äußerst Zweckmäßiges erblicke und Doktor Gregor den besten Erfolg wünsche.

Förderung und Hilfe fand Claus auch bei dem Landrat des Kreises. Er ließ Claus jede Unterstützung angedeihen, gab ihm manch guten Rat, und so gingen die Vorbereitungen ohne unangenehme Zwischenfälle vonstatten.

Pucki kam aus dem Staunen nicht mehr heraus. Immer wieder hörte sie, wie glücklich die Menschen waren, daß Doktor Gregor sich zu diesem Schritt entschlossen hatte. Seine Patienten beglückwünschten ihn schon jetzt, und oft genug brachte man dem tatkräftigen Arzt Blumen, die Pucki mit Stolz erfüllten. Es war ihr einerlei, ob man ihm rote Rosen, Nelken oder Astern brachte: alles wurde von ihr mit einem Gefühl des Stolzes entgegengenommen, denn die Aufmerksamkeiten bewiesen ihr, wie sehr Claus geschätzt und geliebt wurde. Lachend mußte er sich gegen die Angebote wehren, die ihm von Marys Vater, dem Deutschamerikaner Baeker, gemacht worden waren. Baeker hatte vorgeschlagen, man solle von vornherein eine große Klinik errichten und nicht erst in das kleine Haus in der Pappelallee ziehen. Die Einwände Doktor Gregors widerlegte er damit, daß eine große Klinik eine aussichtsvollere Zukunft hätte als eine solche, die sich nur auf einen kleinen Kreis beschränke. Aber Claus hatte Geld nur insoweit angenommen, als er es bedurfte, um das Haus in bescheidenen Grenzen gut und zweckmäßig einzurichten.

Nur einer zeigte sich mit der Errichtung der Klinik unzufrieden, das war Herr Wallner. Er meinte, die Klinik sei vollkommen überflüssig. Mit grimmigen Blicken schaute er den Wagen nach, die, beladen mit Materialien, an seinem Hause vorüberrollten. Die neue Klinik befand sich nämlich kaum fünf Minuten von seinem Häuschen entfernt. Herr Wallner war im Laufe der letzten Monate mehr als ein Dutzendmal ins Doktorhaus gekommen.

„Wer soll denn in Ihre Klinik kommen, Herr Doktor?" fragte er. „Holzau liegt eine knappe Stunde von Rahnsburg entfernt. Ein Unsinn ist das, wie kann man so etwas erlauben! Keinen Blick schenke ich Ihrem Hause! Die Klinik ist ein Unsinn, ein großer Unsinn!"

Die Arbeiten schritten rüstig voran, aber trotzdem wußte Claus genau, daß ihm eine schwere Zeit bevorstand. Besonders am Anfang würde es nicht leicht sein, doch hoffte er zuversichtlich auf die Zukunft. Er war kein Mann, der den Mut verlor. Von jeher hatte er vorwärts gestrebt, so würde es auch hier mit zäher Energie, eisernem Fleiß und größter Gewissenhaftigkeit vorwärts gehen. Vielleicht wäre es möglich gewesen, hier und dort zu sparen, aber Doktor Gregor war der Ansicht, daß bei der Einrichtung einer Klinik nicht gegeizt werden dürfe. Das Beste und Erprobteste war dafür gerade gut genug, denn es standen doch oft Menschenleben auf dem Spiele. Das Geld, das man ihm gegeben hatte, war zu den günstigsten Bedingungen geliehen, so daß wenigstens nach dieser Richtung hin keine unangenehme Überraschung befürchtet werden mußte. Die geerbten dreißigtausend Mark waren restlos aufgebraucht. Einmal war

Claus zu Pucki gekommen, um ihr zu melden, daß von dem Erbe nichts mehr übrig sei.

„Was bleibt für meine Pucki? Du hättest auch ein Recht gehabt, von dem Gelde etwas für dich zu fordern. Was soll ich dir schenken?"

Mit großen, leuchtenden Augen blickte sie ihn an: „Claus, ich brauche nichts, ich habe alles, um glücklich zu sein. Wenn es dir gelingt, der Klinik einen guten Ruf zu verschaffen, wenn sich deine Sorgen von Tag zu Tag verkleinern, so wüßte ich nicht, was ich mir noch wünschen sollte."

„Nicht einmal einen Pelzmantel für den Winter? – Gar nichts?"

Sie lächelte sanft. „Nichts, Claus, gar nichts! Nicht einmal einen neuen blauen Samtanzug für Karlchen."

„Pucki, was ist aus dir in den letzten Monaten geworden?"

„Eine glückliche Frau und Mutter!"

„Pucki, im vorigen Jahre und noch früher hast du schon davon erzählt, daß dein Familienglück keine Grenzen kenne. Ich weiß genau, wie oft du das deinen Bekannten gegenüber geäußert hast."

„Hast recht, Claus", gab sie sinnend zurück, „ich sprach oft von meinem Familienglück, und ich war auch glücklich in deinem und Karlchens Besitz. Aber meine Gedanken suchten trotzdem in der Welt nach etwas Neuem, Großem. Als ich damals von meinem großen Familienglück sprach, wußte ich noch nicht, wie wahres Familienglück aussieht. Wodurch es auf einmal kam, daß ich es erkannte, weiß ich selbst nicht. Ich weiß nur, daß ich jetzt, wenn Karlchen neben mir spielt, wenn Peter in meinen Armen ruht, von einem ganz anderen Gefühl durchdrungen bin als früher. Ich kenne mich mitunter selbst nicht mehr, Claus. Es ist das große, innere Glück, das mich wandelte, es ist die Freude an deinem Erfolg. Dir bringt man überall Liebe und Vertrauen entgegen, man freut sich über dein Vorwärtskommen. Wohl darum, weil du immer Liebe gesät hast. – Nun brauchst du nur zu ernten. Aber auch ich will mich bemühen, von jetzt an ein Sämann zu sein und dir nach jeder Richtung hin eine wirkliche Kameradin und Lebensgefährtin zu werden.“

„Die gute Mutter meiner Kinder, Pucki. Diese wenigen Worte schließen alles in sich ein, was ich von meiner Frau erhoffe.“

„Ja, Claus, aber nicht nur an meine Familie will ich denken. Es werden in deiner Klinik auch einmal Männer, Frauen und Kinder liegen, in Angst und Schmerzen. Dann will ich zu ihnen gehen und ihnen Freude machen, um ihnen die Zeit ihres Leidens ein wenig zu verschönen. Unsere Klinik soll nicht nur äußerlich ein heller und lichter Bau sein mit vielen Fenstern, durch die die Sonne hineinschaut, ich will auch darüber wachen, daß unsere Kranken in ihren Zimmern Wärme und Sonne haben. Und meine Kinder will ich von vornherein dazu erziehen, Nächstenliebe zu üben. So will ich es halten, Claus. Ich denke, ich kann dir so nützlich sein.“

„Ich habe es gar nicht anders von dir erwartet, Pucki, denn ich kenne dein goldenes Herz. Erinnerst du dich noch an jene Erzählung von den goldenen Gewändern? Die Frauen, von denen du sprachst, gingen in alle Welt hinaus, zupften aus ihren prächtigen Gewändern die feinen Fäden, die sie in die Wohnungen der Menschen trugen und damit Freude und Glück bereiteten. – Pucki, kleine, geliebte Frau, auch du trägst solch ein goldenes Gewand und wirst manches Fädchen mit Freuden herausziehen, um es in die geöffneten Hände derer zu legen, die danach sehnsüchtig verlangen."

„Ich wollte, ich könnte es, Claus!"

*

Die Septembertage vergingen, und in der Klinik Doktor Gregors wurde die letzte Hand an die Vollendung der Einrichtung gelegt. Der Umzug der Familie aus dem Doktorhause war für die ersten Oktobertage vorgesehen. Man wollte zuvor mit den Berufsräumen völlig fertig sein. Pucki war fast täglich draußen in der Pappelallee, um sich von den Fortschritten der Arbeiten zu überzeugen. Claus, der viel über Land fahren mußte, kam an manchen Tagen kaum dazu, hinauszugehen. So ließ er sich am Abend von seiner Frau berichten, wieweit alles gediehen sei. Dabei erzählte Pucki einmal, in den letzten Tagen habe Herr Wallner ihr mehrfach aufgelauert und sie mit Vorwürfen überschüttet.

„Ein Unsinn ist es!" sagte er. „Lange wird die Herrlichkeit wohl nicht dauern. Die Leute, die operiert werden müssen, gehen nach wie vor nach Holzau, und sie tun gut daran. – Ich schenke dem Hause keinen Blick! Mich werden Sie nicht wieder als Patient sehen, ich gehe von nun an zu Doktor Ucker."

Pucki gab sich alle Mühe, den erregten alten Herrn zu beruhigen, doch er wandte ihr den Rücken und rief nochmals: „Ein Unsinn ist es, ein geradezu unverantwortlicher Unsinn!"

Dann kam der Tag, an dem die Klinik eröffnet wurde. Claus begrüßte die Schwestern und den Frauenarzt, einen jungen, sympathischen Herrn, der der Abteilung Geburtshilfe vorstehen sollte. Von allen Seiten trafen Gratulanten ein. Herzliche Worte wurden gesprochen, viele gute Wünsche regneten auf das glückliche Ehepaar herab, Wünsche, die aus dem Herzen kamen. Die Patienten von einst sandten Blumensträuße und Körbe. Doktor Gregor stand in einem Blumenmeer, und Puckis Augen strahlten. Sie drückte viele Hände und hörte viele, liebe Worte, die ihr Herz freudig schlagen ließen. Wie glücklich konnte sie sein, solch einen Mann zu besitzen, der in den vier Jahren seiner Tätigkeit in Rahnsburg überall Anerkennung gefunden hatte!

„Wir können jedes Zimmer mit Blumen schmücken, Claus", sagte sie lächelnd. „Leider fehlen uns die Patienten. Wer wird wohl der erste sein?"

„Mußt noch ein wenig Geduld haben, kleine Frau! Wir wollen zum Wohle des ganzen Kreises wünschen, daß keine allzu schweren und kritischen Fälle zu behandeln sind."

Es war nur ein kleines Fest, das in der Pappelallee gefeiert wurde, doch alle, die gekommen waren, wurden nicht von Neugier getrieben, sie fühlten das Bedürfnis, dem tüchtigen Arzt ihre Verehrung und Liebe auszusprechen.

Doktor Eck, der Frauenarzt, der bereits seine Wohnung in der Klinik hatte, blieb abends dort. Pucki und ihr Gatte dagegen kehrten noch einmal in ihre Stadtwohnung zurück. Bis in die Nacht hinein sprachen sie von dem schönen Tage, von ihren erfüllten Hoffnungen.

„Ich habe keine Sorgen, Claus", sagte Pucki zuversichtlich, „ich weiß, es wird dir gelingen. Unser Landrat sagte, das Haus solle zum Segen vieler werden. Ich weiß, es wird so sein!"

„Da du mir so tapfer hilfst, liebe, kleine Frau, muß es gehen!"

Am nächsten Morgen weilte Claus den ganzen Vormittag draußen in der Klinik. Es gab noch manches einzurichten. Die Schwestern mußten mit den Örtlichkeiten vertraut gemacht und in den Dienst eingeweiht werden. Es galt auch zu überlegen, ob nicht hier und dort etwas noch praktischer einzurichten sei. Ein stolzes Gefühl erfüllte die Brust Doktor Gregors beim Durchschreiten der Zimmer. Wenn sie auch noch leer waren, es mußte ihm gelingen, Zuspruch zu bekommen. Er hatte die feste Zuversicht!

Am Mittag schrillte das Telephon. Eine verängstigte Frauenstimme war zu vernehmen.

„Herr Doktor, bitte, kommen Sie gleich! Ich glaube, mein Mann muß operiert werden. Wenn ich mich nicht sehr irre, handelt es sich um den Blinddarm. Seit gestern abend leidet er an Schmerzen."

„Wer ist dort?"

„Frau Wallner, geborene Caspari."

Claus konnte ein Lächeln nicht unterdrücken. Er mußte daran denken, wie der alte Herr früher geschimpft hatte: „Ein Unsinn ist es, ein grenzenloser Unsinn. Ich schenke dem Hause keinen Blick."

Auf dem Wege zu Herrn Wallner überlegte er, ob es nicht richtiger wäre, den zürnenden Mann schnell nach Holzau transportieren zu lassen, weil er die Klinik haßte. Doch mußte er natürlich erst sehen, wie es um ihn stand. Da sich Herr Wallner seit gestern abend mit Schmerzen quälte, war Gefahr im Anzug.

Kaum hatte er das Haus verlassen, als Pucki eintrat. Doktor Eck empfing sie.

„Ich bin gespannt auf unseren ersten Patienten, Herr Doktor. Ich habe mir vorgenommen, diesen ersten Patienten mit aller erdenklichen Freundlichkeit zu überhäufen. Es soll eine gute Vorbedeutung sein.“

„Vielleicht ist dieser erste Patient bereits unterwegs.“

„Der erste Patient? Wer ist es denn?“

„Wahrscheinlich Herr Wallner. Wahrscheinlich eine Blinddarmoperation.“

Da sank Pucki lachend auf das Sofa. Sie faßte sich aber rasch wieder. „Das war häßlich von mir. Ich lache, und ein anderer soll unter das Messer. – Herr Doktor, später will ich Ihnen mehr von diesem Herrn erzählen, der meinen Lebensweg immer wieder gekreuzt hat. Dann werden Sie mein Lachen verstehen.“

Währenddessen untersuchte Doktor Gregor den stöhnenden Mann.

„Ich will Sie zwar gar nicht haben“, zankte Herr Wallner, „aber Sie sind zuverlässig. – Nur aus diesem Grunde dulde ich Sie hier.“

„Sie werden um eine Operation nicht herumkommen. Ich werde den Krankenwagen bestellen, der Sie nach Holzau bringt. Sorgen brauchen Sie nicht zu haben, heutzutage ist eine Blinddarmoperation, wenn sie bald vorgenommen wird, nicht gefährlich.“

„Wenn sie rasch vorgenommen wird? Seit gestern quäle ich mich schon.“

„Es war die höchste Zeit, daß Sie mich riefen. – Also nach Holzau.“

„Warum denn nach Holzau“, schrie Herr Wallner den Arzt an. „Wozu haben wir denn eine Klinik in Rahnsburg? Ich will in Ihre Klinik. Sie sollen mich operieren!“

„Wie Sie es wünschen, Herr Wallner.“ – –

Eine Stunde später wurde die Operation vorgenommen. Der erste Patient, der in der neuen Klinik lag – war Herr Wallner. Auf seinem Tisch standen rote Rosen, die Pucki gebracht hatte.

Mit rührender Liebe und Sorge wurde Herr Wallner gepflegt. Er war ganz still, nur seine Augen glitten immer wieder durch den hellen Raum und blieben an den Rosen hängen. Seine Lippen murmelten leise:

„Ein Strauß von Pucki!“

An einem Vormittag gab er der Schwester den Auftrag, seine Brieftasche aus seinem Anzug zu holen. Es geschah.

„Darin liegt ein Zettel. Vierfach ist er zusammengefaltet, den nehmen Sie heraus und lesen ihn mir vor.“

Der Zettel war bald gefunden. Die Schwester las:

„Laß vergessen sein, was ich getan,
Sieh mich wieder zärtlich an,
Hab' ich dich gekränkt, vergib,
Du weißt es ja – ich hab' dich lieb!“

Herr Wallner bat, die Schwester möge diesen Zettel in seinen Nachttisch legen, er wolle ihn zur Hand haben.

Kurze Zeit darauf kamen Doktor Eck und Doktor Gregor, um nach dem Kranken zu sehen.

„Ich habe viel gutzumachen, Herr Doktor. – Es war doch kein Unsinn, die Klinik zu errichten. – Vielleicht wäre ich auf dem Transport nach Holzau gestorben."

„O nein, so schlimm war es nicht!"

„Kein Unsinn – kein Unsinn!" knurrte Herr Wallner. „Man sagt in Rahnsburg, dieses Haus wäre ein Segen. – Ja, ich habe es eingesehen! Es ist ein Segen! Es möge zum Segen für viele werden. Seien Sie mir nicht mehr böse, Herr Doktor. Manch einer kommt früher, ein anderer später zur Vernunft. So ist es bei mir. – Und hier" – Er nahm den Zettel aus der Schublade – „den Zettel schicke ich Ihrer Frau. Sie wird verstehen, was ich damit sagen will."

Claus brachte den Zettel seiner Frau.

„Ja, Claus, ich verstehe den alten Herrn. Du weißt, dieser Zettel war einstmals für dich geschrieben. Du kamst nicht zum Mittagessen. Herr Wallner aß an deinem Platz und fand den Zettel unter deinem Teller, der für dich bestimmt war. Er glaubte, er gehöre ihm und nahm ihn mit. Er hat ihn behalten bis heute. Nun gibt er ihn mir zurück."

„Und er läßt dir sagen: Ich hab' dich lieb! – Pucki – Pucki, sogar auf den alten Herrn machst du Eindruck!"

„Morgen bringe ich ihm frische Rosen, Claus. Ich habe versprochen, den ersten Patienten mit besonderer Liebe zu umgeben.

Daß es gerade Herr Wallner wurde, ist vielleicht auch eine kleine Mahnung für mich, keinen Unterschied zwischen den Menschen zu machen. – Morgen bekommt er wieder Rosen."

Und Pucki brachte ihm die Rosen.

Herr Wallner hielt ihre Hand lange in der seinen.

„Ich habe Sie lieb, Frau Pucki – ja, ich habe Sie von ganzem Herzen lieb! Sie verstehen es, die Menschen zu bezwingen. Dieses Haus ist mir zum Segen geworden, und Sie sollen der gute Engel darin sein und bleiben. Und nun wünsche ich diesem Hause und Ihrer Familie als erster Patient den reichsten Segen des Himmels und Ihnen ein Glück, das keine Grenzen kennt."

„Wir sind glücklich, Herr Wallner", sagte Pucki. „Was wahres Familienglück ist, habe ich voll und ganz erfahren."